Tucholsky Wagner Zola Scott Fonatne Sydow Freud Schlegel

Turgenev Wallace

Twain Walther von der Vogelweide Fouqué Friedrich II. von Preußen

Weber Freiligrath Frey

Fechner Weiße Rose von Fallersleben Kant Ernst

Fichte Richthofen Frommel

Hölderlin

Engels Fielding Eichendorff Tacitus Dumas

Fehrs Faber Flaubert

Eliasberg Ebner Eschenbach

Feuerbach Maximilian I. von Habsburg Fock Zweig

Ewald Eliot Vergil

Goethe London

Elisabeth von Österreich

Mendelssohn Balzac Shakespeare Dostojewski Ganghofer

Lichtenberg Rathenau Doyle Gjellerup

Trackl Stevenson Hambruch

Mommsen Tolstoi Lenz Hanrieder Droste-Hülshoff

Thoma von Arnim

Dach Verne Hägele Hauff Humboldt

Reuter Rousseau Hagen Hauptmann Gautier

Karrillon Garschin

Defoe Baudelaire

Damaschke Hebbel

Descartes Hegel Kussmaul Herder

Wolfram von Eschenbach Dickens Schopenhauer

Darwin Rilke George

Bronner Melville Grimm Jerome

Campe Horváth Aristoteles Bebel Proust

Bismarck Vigny Barlach Voltaire Federer Herodot

Gengenbach Heine

Storm Casanova Tersteegen Grillparzer Georgy

Chamberlain Lessing Langbein Gilm

Brentano Gryphius

Strachwitz Claudius Schiller Lafontaine

Katharina II. von Rußland Schilling Kralik Iffland Sokrates

Bellamy

Gerstäcker Raabe Gibbon Tschechow

Löns Hesse Hoffmann Gogol Wilde Vulpius

Luther Heym Hofmannsthal Gleim

Roth Klee Hölty Morgenstern

Luxemburg Heyse Klopstock Goedicke

Puschkin Homer Kleist

Machiavelli La Roche Mörike Musil

Horaz

Navarra Aurel Musset Kierkegaard Kraft Kraus

Nestroy Marie de France Lamprecht Kind Kirchhoff Hugo Moltke

Laotse Ipsen Liebknecht

Nietzsche Nansen

Marx Lassalle Gorki Ringelnatz

von Ossietzky Klett

May Leibniz

vom Stein Lawrence Irving

Petalozzi Plato Knigge

Sachs Pückler Michelangelo Kafka

Poe Kock

de Sade Praetorius Liebermann Korolenko

Mistral Zetkin

Anker geschlippt

Freiherr Friedrich von Dincklage

Impressum

Autor: Freiherr Friedrich von Dincklage
Umschlagkonzept: toepferschumann, Berlin

Verlag: tradition GmbH, Hamburg
ISBN: 978-3-8472-3765-5
Printed in Germany

Text der Originalausgabe

Freiherr Friedrich von Dincklage

Anker geschlippt

Geschichte eines Marineoffiziers

Aus den Schloten der »Vierlanderin«, eines jener prächtigen Dampfer der Hamburg-Amerikanischen-Paketfahrt Aktiengesellschaft, stiegen die dicken Rauchwolken zum klaren Morgenhimmel hinauf. Die Vierlanderin gehörte zu jener Klasse von Schiffen, die den Elbstrom hinaufdampfen und am Kai festmachen konnten, während die mächtigen Kolosse der neuesten Zeit bei Brunshausen zu Anker gehen müssen. Schon war das zweite Signal zur Abfahrt gegeben, und alle diejenigen, welche die Fahrt über den Ozean nicht mitzumachen beabsichtigten, beeilten sich, von Bord zu kommen – nach einem letzten Scheidekusse unter Tränen, nach kräftigem Händedrucke mit dem Wunsche »gute Fahrt« oder auch ohne irgend welche Gefühlsäußerung mit ernster Geschäftsmiene.

Die Abschiedsszenen waren beendet. Das Deck blieb dicht gefüllt mit Reisenden beider Geschlechter und jeglichen Alters. Lud doch der sonnige Märzmorgen ein, im Freien zu bleiben, während der herrlichen Elbfahrt.

Schon standen die Matrosen bereit, auf ein Zeichen des ersten Offiziers die mächtigen Trossen, mit denen die Vierlanderin am Kai festgemacht war, loszuwerfen, schon war die deutsche Flagge vorgeheißt, und eben wollte Kapitän von Delden die Treppe zur Kommandobrücke betreten, um durch ein kurzes Befehlswort in das Sprachrohr zum Maschinenraum das mächtige Fahrzeug in Bewegung zu bringen, als noch zwei Männer das Deck betraten. Des Seemanns geübter Blick erkannte sogleich, daß er nicht etwa verspätet eintreffende Passagiere vor sich habe.

»Sie wünschen, meine Herren?« fragte er kurz.

Nach höflichem Gruße, aber ohne ein Wort zu erwidern, griff der ältere der beiden Ankömmlinge in die Brusttasche seines Paletots und überreichte dem Kapitän eine Legitimationskarte.

»Ich stehe zu Diensten, Herr Kommissar,« antwortete dieser nach Einsicht des Papiers, »wen suchen sie an Bord der Vierlanderin?«

»Ich suche einen Mann,« antwortete der Beamte leise, »einen Verbrecher, dessen Signalement soeben von Berlin telegraphisch mitgeteilt wurde. Man vermutet, er habe sich nach Hamburg gewandt, um nach Amerika zu entkommen. Auf seine Verhaftung wird besonderer Wert gelegt, und noch heute soll ein Berliner Geheimpolizist hier eintreffen, dem der Mann persönlich bekannt ist. Der Verbrecher nennt sich Hausmann.«

»Ich finde den Namen Hausmann nicht in meiner Passagierliste,« antwortete der Kapitän, seine Brieftasche durchblätternd. »Es sind allerdings im letzten Augenblicke noch einige Änderungen eingetragen, aber soviel ich weiß, nur den Familienstand, Frauen und Kinder betreffend.«

»Das Signalement bezeichnet einen Mann von dreiundvierzig Jahren mit blondem Vollbarte, etwas hoher Stirn, blauen Augen, gewöhnlicher Nase und von mittlerer Statur.«

»Das paßt auf viele meiner Passagiere,« sagte Herr von Delden lächelnd.

»Ich werde daher genötigt sein, eine Revision der Pässe vorzunehmen,« erklärte der Polizeibeamte. »Mein Begleiter, ein Kriminalschutzmann, wird das Zwischendeck aufsuchen, wo der Vogel wohl schwerlich zu finden sein wird, während ich selbst Sie bitte, mir die Liste der Kajütspassagiere zu überlassen.« »Gern, Herr Kommissar, ich werde Sie auf Ihrem Gange begleiten.«

Das lange Verzeichnis war rasch durchgegangen. Bei der Mehrzahl der Passagiere konnte auf Grund des Signalements von einer Einsicht der Pässe abgesehen werden.

Eben stiegen die beiden Herren die Treppe zu den Gesellschaftsräumen hinab, es standen noch ein paar Namen der Liste aus, und man hoffte, dem Betreffenden dort zu begegnen.

Im Salon der ersten Kajüte befand sich um diese Zeit, neben einigen älteren Damen, die wohl die Morgenluft fürchteten, ein einzelner Herr. Er hatte sich in die Ecke des Diwans gedrückt. Eine fahle Blässe lag auf den tiefernsten traurigen Zügen. Er hielt die Hand eines kaum dem Kindesalter entwachsenen jungen Mädchens umschlossen.

»Ich höre sie kommen,« flüsterte sie jetzt dem Manne zu, »ich flehe dich an, bleibe ruhig sitzen und laß mich für dich antworten! Habe Vertrauen, Vater ...Gott wird mir helfen.«

In diesem Augenblicke öffnete sich die Tür, und der Kapitän mit seinem Begleiter trat ein. Beim Erblicken des Mannes in der Sofaecke stutzte der Polizeibeamte – der Kranke trug einen Vollbart, wenn auch ausrasiert. Mit höflicher Verbeugung trat er dann heran.

»Ich muß Sie leider mit der Bitte um Ihre Legitimation belästigen, mein Herr, ich bin –«

»Mein Vater ist leidend, mein Herr, aber wenn Sie die Güte haben wollen, mich in unsere Kabine zu begleiten, so werde ich Ihrem Wunsche nachkommen. Bleib ruhig sitzen, Vater, ich werde das mit den Herren erledigen.«

Das Kind hatte mit voller Ruhe und Sicherheit gesprochen und schritt jetzt den Herren voraus der Kabine zu. Bald hatte sie dem Handkoffer ein zusammengefaltetes Papier entnommen und überreichte es dem Beamten.

»Vierzig Jahre, blonder Vollbart, am Kinn ausrasiert, Größe 1,7 Meter.«

»Vierzig Jahre?« fragte er dann halblaut für sich, mit einem Seitenblick auf den Kapitän.

»Nicht wahr?« fiel das Mädchen ein, »man sollte kaum glauben, wie solch eine Krankheit die Züge verändert, aber ich hoffe, daß bei sorgsamer Pflege –«

»Und Sie, mein Fräulein?« wurde sie unterbrochen. »Es ist nichts von Ihnen gesagt in dem Passe!«

»Ich habe mich erst im letzten Augenblicke entschlossen, meinen Vater zu begleiten, erst als sein Leiden meine Gesellschaft während der Reise dringend forderte.«

»Ich danke Ihnen,« entgegnete der Herr, das Papier zurückgebend, nachdem er noch einen prüfenden Blick auf das Mädchen geworfen.

»Der, ist's jedenfalls nicht,« meinte der Kommissar, als er mit dem Kapitän die Kajütentreppe hinaufstieg, »ich sah ihm den Edelmann schon an, ehe ich seinen Paß gelesen, und –«

»Wie könnte auch ein verfolgter Verbrecher eine so reizende Tochter haben?« vervollständigte der Kapitän lachend mit einem verständnisvollen Seitenblick.

»Helfen Sie ihr nur den kranken Vater pflegen, Kapitän,« ging der andere auf den Scherz ein. »Es tut mir übrigens leid, Herr von Delden, daß ich Sie vergebens aufgehalten habe, so – erfolglos!«

»Bitte, ganz im Gegenteile,« antwortete dieser – »behalte meine Passagiere lieber!«

Der Beamte rief, seinen Gehilfen heran und war eben im Begriffe, das Schiff zu verlassen, als noch ein Mann an Bord kam, dessen ganzes Wesen eine lebhafte Erregung zeigte. Mit einer nervösen Hast befahl er das Heraufbringen seiner eleganten Reisekoffer, und während er mit dem Seidentuche den Schweiß von der hohen Stirn wischte, trat er an den Kapitän heran.

»Sie müssen mich unter allen Umständen noch mitnehmen,« sagte er, nach Atem ringend, »durch einen Unglücksfall bin ich aufgehalten und –«

»Unmöglich, mein Herr,« antwortete der Kapitän, »alle Räume des Schiffes sind besetzt und –«

»Es muß sein, Kapitän, man erwartet mich. Der von mir belegte Platz wird doch vorhanden sein, wenn auch mein Fahrschein –«

»Darf ich Sie bitten, mir einen Einblick in Ihre Legitimation zu gestatten, mein Herr? Ich bin Polizeikommissar und mit speziellem Auftrage an Bord dieses Schiffes gekommen!«

Ein jäher Schrecken malte sich auf dem Gesichte des Fremden, als er die übrigens leise gesprochenen Worte des herantretenden Beamten vernahm.

»Mein Gott, das ist es ja gerade,« stieß er hervor, »nicht einmal eine Visitenkarte habe ich –«

»Ist auch überflüssig,« antwortete der Kriminalist, während er den Blick durchbohrend auf sein Gegenüber lichtete. »Sie heißen Hausmann und sind in dieser Nacht von Berlin gekommen.«

»Allerdings, von Berlin kam ich, aber mein Name ist nicht Haus – «

»Natürlich nicht,« unterbrach der Beamte streng. »Das wird sich aber später schon herausstellen; ich ersuche Sie vorläufig, dem Herrn hier unweigerlich auf das Polizeibureau zu folgen!« Er deutete auf den neben ihm stehenden Geheimpolizisten.

»Er hat den Bart frisch ausrasiert und eine gewöhnliche Nase,« flüsterte dieser dem Vorgesetzten zu, worauf ein verständnisvolles Nicken erfolgte.

»Auf das Polizeibureau? Daher komme ich ja eben! Dort habe ich ja die ganze Angelegenheit zu Protokoll gegeben, und das war in Ihrem Hamburg mit so vielen Weitläufigkeiten verbunden, daß ich förmlich habe entwischen müssen, um noch' rechtzeitig hierher zu kommen, und nun –«

»Nun sind Sie doch nicht entwischt, Herr Hausmann! Ich ersuche Sie, Ihre Ansichten über die Hamburger Polizei für sich zu behalten und Weiterungen zu vermeiden. Sie sind verhaftet. Ihre Koffer werden ebenfalls zum Polizeibureau geschafft werden!«

Der Beamte hatte, für die Umstehenden unhörbar und mit den Formen verbindlicher Höflichkeit gesprochen. Nur das sprachlose Staunen, das sich in des Fremden offenem Gesichte, in den fast wasserblauen, klaren Augen ausprägte, ließ erkennen, daß die leisen Worte doch wohl recht bedeutungsvollen Inhaltes waren.

»Aber, mein Herr, ich bin doch kein Verbrecher! Ich verstehe nicht, wie man einen anständigen Menschen, einen Edelmann, einen preußischen Reserveoffizier, hier in Hamburg –«

»Bitte, keine Umstände, – werden schon begreifen lernen,« schnitt jetzt der Kommissar die Rede des Verhafteten in strengem Tone ab.

»Unerhört,« stieß dieser noch hervor, als der Polizist seinen Arm berührte, und fand sich dann in das Unvermeidliche.

»Herr Kommissar,« flüsterte der Kapitän in dessen Ohr, »der Mann sieht doch nicht aus wie ein Verbrecher?«

»Kapitän, darauf verstehen wir uns,« antwortete jener überlegen. »Auf das Aussehen legen wir Kriminalisten gar keinen Wert. Gerade die geübtesten Verbrecher verbergen sich hinter der Maske der Unbefangenheit, und die Frechheit, mit der er über unsere Behörde – doch adieu und gute Fahrt!«

Kaum hatten die drei das Schiff verlassen, als auf einen kurzen Befehl die haltenden Trossen fielen. Der Propeller begann mit Brausen seine raschen Umdrehungen, das Wasser mächtig aufwühlend, am Vortopp stiegen drei kleine bunte Wimpel empor, – ein Signal für die Reederei – und majestätisch glitt die Vierlanderin die Elbe hinab.

Unter den Passagieren aber herrschten noch lange die lebhaftesten Diskussionen über die Verhaftung.

»Unzweifelhaft galt allein dem Manne die ungewöhnliche Paßrevision! Ein wahres Glück, daß wir den nicht an Bord behielten,« meinte eine junge Dame, »der hätte gewiß unterwegs noch gemordet!«

»Oder noch Schlimmeres,« fügte eine ältliche Schöne hinzu, die mageren Hände wie zur Abwehr ausstreckend. »Er sah aber doch vornehm aus und hatte ein so gutes, ehrliches Gesicht,« äußerte eine dritte.

»Das ist es ja gerade! Solche Gesichter machen sie immer! Ich habe aber gleich gesehen, daß so etwas – so hyänenhaftes in seinen Augen lag.«

Es stand bald fest, daß man einem der gefährlichsten Verbrecher des Kontinents nur durch einen glücklichen Zufall entgangen war, und diese furchtbare Tatsache fand, bei empfindsamen Seelen so lebhaften Ausdruck in Worten und Gesten, daß darüber all die herrlichen, sonnenbeleuchteten Landschaftsbilder der Unterelbe fast ungesehen vorüber glitten. Eine wahrhaft rauschende Konversation herrschte auf dem Achterdeck.

Im unteren Salon war um diese Zeit nur ein Paar zurückgeblieben: der Mann mit dem schwermütig leidenden Ausdrucke und seine Tochter. Auch diese war oben gewesen während der Verhaftungsszene, niemand hatte sie beachtet, niemand bemerkt, wie ihr flehender Blick vergebens die Augen des Fremden suchte, niemand gewahrt, wie sie die Hände krampfhaft, verzweiflungsvoll auf ihr Herz drückte, als die Rechte des Polizisten sich auf dessen Arm legte – auf den Arm des Verhafteten. Sie war dann geflohen, hinab geflohen vor den eigenen Gefühlen, vor einer unsagbar schrecklichen, inneren Unsicherheit, und dasselbe Mädchen, das noch vor kurzem so energisch, so bestimmt aufgetreten war – als Vertreterin des leidenden Vaters – es hatte jetzt den Kopf an dessen Brust geschmiegt in stillem Weinen.

»Die Schrecken und Sorgen der letzten Tage haben dich mitgenommen, mein liebes, tapferes Kind,« sagte der Mann mit weicher tiefer Stimme, während seine Hand zärtlich über das dichte dunkle Haar der Tochter glitt. »Wie soll ich dir danken für deinen Mut, deine Entschlossenheit? Ohne dich würden die schweren Eisenriegel mich jetzt absperren von der Freiheit, ohne die ich sterben muß – und von dir, du mein einziges Glück! Hättest du nicht gehandelt, ich wäre vor die hingetreten, die mich verfolgen wie einen Verworfenen, und hätte ihnen gesagt: Kerkert mich ein, wenn ihr mir beweist, daß auch nur ein Schatten von Selbstsucht meine Handlungen leitete! Die Menschenliebe ist's, für die ich leiden muß – nehmt mich als Opfer!«

Das Mädchen hob den Kopf jetzt von des Vaters Brust. Sie sah hinauf aus den tiefblauen glänzenden Augen in dessen Antlitz, sah die Begeisterung aus seinem eben noch so starren, trüben Blicke strahlen, und mit einem Lächeln durch Tränen sagte sie:

»Du lieber edelherziger Mann, du! Wer würde dich verstehen? Nicht einmal jene, für die du deine ganze Kraft, deine Arbeit einsetzest! Hast du anderes geerntet von ihnen wie Undank? Nein, deine Freiheit sollst du nicht auch noch opfern, – nur im besten Glauben und in der reinsten Absicht hast du das Gesetz verletzt. Der Weg ging fehl!«

»Ja – der Weg!« wiederholte er leise, und seine Augen nahmen wieder den starren Ausdruck an. Seine Gedanken schweiften wohl zurück in die Vergangenheit. »Du magst recht haben, mein Kind, ich habe den Weg verfehlt, habe am Gesetze gerüttelt, das Fundament untergraben, auf dem ich selbst bauen wollte, den großen Neubau sozialer Ordnung!« Er drückte die Tochter zärtlich an sich. »Du, Mally, hast die strafende Hand von mir abgelenkt, die Hand, die sich eben noch drohend nach mir ausstreckte. Aber wie hast du's gemacht, mein Kind, wie gelang es dir, den Mann zu täuschen?«

»Laß mir mein Geheimnis, Vater. Der Zufall – oder war's Gottes Wille? hat mir geholfen!«

»Du sagst das zögernd, unsicher, Mally! Ich hoffe nicht, daß du ein Unrecht auf deine Seele ludest.«

Fast angstvoll klang die Frage des Mannes.

»Was ich tat, ich tat's für dich – für meinen Vater, tat es in der Erinnerung an meine Mutter. Kann's da ein Unrecht sein? Weißt du noch, was der sterbenden Mutter Mund mir zuflüsterte? ›Sei deines Vaters Stütze, wenn ich nicht mehr bin, er bedarf deiner!‹ Sie ahnte wohl schon ihr frühes Ende, als sie mich lehrte, selbständig zu denken und entschlossen zu handeln – schon als Kind.«

»Des Kindes Entschlossenheit und Mut retteten die Freiheit, die Ehre des Vaters – des überspannten Toren, wie ihn gerade die nannten, denen er seine Stellung geopfert.«

»Nicht traurig, mein Väterchen!« sagte sie, als sie seine Augen feucht werden sah, »wenn wir erst drüben sind, dann ist das Vergangene abgetan. Was du begingst, es reicht nicht über die Grenzpfähle hinaus. Aber ich höre kommen! Du solltest etwas ruhen, du bist doch recht angegriffen!«

»Ja, ja, du hast recht, ich werde ruhen, zum ersten Male im Gefühle der Sicherheit, seit ich mich hinreißen ließ –«

Er sah sich scheu um, ob auch niemand der eben Eintretenden seine Worte gehört habe.

Mally geleitete den Vater zu dessen Kabine, bereitete ihm mit kindlicher Sorgfalt das Lager und beobachtete dann mit innig glücklichem Ausdrucke, wie er die müden Augen schloß zu ruhigem Schlummer.

»Armer, lieber Vater,« hauchte sie leise. »Nein, es war keine Sünde, was ich für dich tat! Du, im dunklen Kerker, – Vater, ich mag's nicht denken!«

Eine Viertelstunde später – Kuxhafen war bereits passiert und Neuwerk – stand Mally, an die Reling gelehnt, am Stern des Dampfers. Ihr Blick war nach rückwärts gerichtet auf die Küste, deren Umrisse nach und nach in einem blauen Streifen verschwammen, auf die endlos gerade Linie des im Sonnenscheine glitzernden Kielwassers. Ihre Augen gewahrten den dunklen, kleinen Punkt, der sich aus den leicht bewegten Fluten emporhob. »Helgoland«, hörte sie rufen, aber ihre Gedanken waren weit, weit entfernt von dem, was die Sinne vernahmen. Die flogen zurück nach Hamburg, eilten voraus nach dem neuen Weltteile, dem sie zufuhr. Was mochte nur dem lieben Mädchenantlitze den angstvoll traurigen Ausdruck verleihen? Das sagte sich wohl auch Kapitän von Delden, als er jetzt herantrat.

»So ernst, mein Fräulein?« fragte der schon ältere Mann freundlich, »woran dachten Sie denn so eifrig?«

Sie erschrak bei der Anrede.

»Ich dachte – ach – Herr Kapitän, wenn der Mann, den die Polizei in Hamburg verhaftete, auf dem Schiffe entkommen wäre, hätte ihn dann bei der Landung in Neuyork nicht schon die Polizei arretieren können?«

»Das hängt vom Vergehen ab. War es politischer Art, dann würden die Staatsverträge keine Verfolgung zulassen, lag aber zum Beispiel ein gemeines Verbrechen vor, Mord oder auch nur ein schwerer Diebstahl, dann konnte immerhin die Verhaftung telegraphisch veranlaßt werden. Aber Sie können sich beruhigen, mein kleines Fräulein,« fügte er lächelnd hinzu, »der Mann war weder ein Mörder noch ein Dieb, ich verstehe mich darauf.« Er nickte dem Mädchen im Fortgehen freundlich zu. »Martert so ein halbwüchsiges Ding ihre Phantasie mit Kombinationen!« sagte er dann leise.

Das Kind aber rang die Hände, Schrecken malte sich in ihren Zügen. »Gemeines Verbrechen – Verhaftung,« kam es über ihre Lippen. »Wenn er verriete – telegraphierte! O mein Gott – und was wird dann aus ihm – meinem Vater?« Die Vierländerin hatte, vom herrlichsten klaren Wetter begünstigt, die Nordsee und den Kanal durchlaufen. Unter den Passagieren hatte sich bereits jener zwanglose Verkehr herangebildet, der die Eintönigkeit einer längeren Seereise überwinden hilft. Auf dem Achter- und Promenadendeck herrschte eine heitere Stimmung. Noch hatte ja die Seekrankheit die Zahl der Stimmungsfähigen nicht gelichtet.

Es war gegen Abend, die Sonne stand schon tief. Vor einer halben Stunde waren im Nordosten die bläulichen Streifen am Horizonte verschwunden, die von den Seeleuten für die Küste von Cornwalls und Landsend erklärt wurden, und noch richteten sich die Gläser vieler Reisenden dahin, wo die Scillyinseln in Sicht sein sollten. Andere, die nicht nach dem Lande spähten, hatten sich in bequemen Bordstühlen unter dem Windschutze der Reling ausgestreckt, oder sie marschierten mit raschen Schritten und meist zu zweien die kurze Deckpromenade unermüdlich auf und ab, Steuerbord hin, Backbord zurück.

Weit abgesondert von allen übrigen, ganz nahe am Großmast, hatte Mally mit ihrem Vater sich niedergelassen. Sie wußte nicht, wie man sie beobachtete, bewunderte in ihrer kindlichen Sorge. Mit heiterem Lächeln begegnete sie stets dem trüben Blicke des kranken Mannes. Und doch trug ihr Kindergesicht einen fast scheuen Ausdruck, wenn sie nicht um ihn war.

»Es wird kühl, Vater,« sagte sie eben und legte das Plaid, welches sie bislang selbst benützt hatte, über dessen Füße, »die meisten Passagiere verlassen das Deck, willst du nicht auch hinab gehen in den Salon?«

»Noch nicht, mein Kind! Mir graut vor der Gesellschaft, es ist, als ob ein Fluch auf mir laste! Und doch kann ich auch nicht allem sein – in meiner Kabine.«

»Vater, ich bin doch bei dir, werde dich niemals verlassen!«

»Gebunden an ein verfehltes Leben, – um deine Jugend gebracht, – der Sorge preisgegeben, – heimatlos!«

»Nicht so, Vater! Wir werden zusammen glücklich sein! Du wirst das Geschehene, das Vergangene vergessen. Schnell wirft du durch deine Kenntnisse eine neue Berufsstellung finden. O, ich sehe dich wieder wie einst hinter deinen großen Bauplänen mit Zirkel und Lineal, und zuerst – nicht wahr? zuerst baust du ein schönes, großes Haus für uns, eine neue Heimat!«

Mit vertrauensvollem Lächeln wartete sie auf seine Antwort. Des Mannes Ausdruck verfinsterte sich aber noch mehr, und fast tonlos antwortete er:

»Um eine neue Heimat zu gründen, genügen nicht der gute Wille und mein bißchen Kenntnisse. Du weißt, ich habe mein Haus nicht mehr betreten, seit es von Schutzleuten bewacht war. Mein gesamtes Vermögen blieb dort zurück im feuerfesten Schranke, wird konfisziert werden. Ich bin ja ein Verfolgter, ein Verbrecher – vogelfrei!«

Sie beugte sich rasch nieder und küßte ihn auf den Mund. »Der beste Mann von der Welt bist du! Und nun will ich dir auch schon heute gestehen, daß – aber nicht böse sein?!«

»Nun was denn?«

»Daß ich etwas für dich rettete! Rate, was?«

»Du?«

»Ja, Vater! Sieh, wie gut es war, daß du mich selbst gelehrt hattest, wie die Scheibchen deines Tresors auf T. W. gestellt werden müßten, um ihn aufschließen zu können. Auch kannte ich ja den Mechanismus des Schlüsselschrankes. Als nun dein Bote mir die Nachricht brachte, daß du verfolgt würdest und wo du verborgen seiest, – als ich unser Haus von Polizei besetzt sah, da dachte ich mir schon, daß wir wohl Berlin verlassen müßten, packte sofort die nötigsten Sachen für dich und mich und nahm aus dem Schranke die Wertpapiere. Hier liegen sie, auf meiner Brust, der Rest im Koffer. Ich wollte dich erst in Neuyork damit überraschen, aber so ist's auch gut, denn ich sehe wieder einmal ein freundliches Lächeln auf deinem lieben Gesichte!«

»Mein guter Stern, meine kluge, kleine Tochter!« rief er aus und schloß sie in die Arme. » Sieh, nun ist mir die größte Sorge genommen, die Sorge um dich!«

»Um mich? Ich soll ja für dich sorgen! Hat's nicht die liebe Mutter so gewollt?«

Es war fast dunkel geworden. Ein schneidender Wind machte sich auf und mahnte zum Aufbruche. »Mein guter Stern!« wiederholte der Vater und strich über der Tochter Haar, »ja wenn ich dich nicht hätte!«

Als er ihr dann voranschritt, so viel aufgerichteter und kräftiger wie seit langen Tagen, da murmelte sie leise:

»Nein, es war doch keine Sünde, was ich beging, auch vor Gott nicht!«

Nacht lag über dem Ozean, dunkle Nacht. Schon seit geraumer Zeit herrschte tiefe Ruhe unter dem Deck der Vierlanderin. Nur noch das Weinen eines Kindes drang hie und da aus einer Kabine oder das Ächzen der Unglücklichen, die von der Seekrankheit ergriffen waren. Rücksichtslos forderte dieser böse Feind seine Opfer an Bord des Dampfers, seit eine frische Nordwestbrise das Meer aufwühlte und die spritzenden Schaumköpfe der Seen über den scharfen Bug jagte.

Den ruhigen, geordneten Gang des Seedienstes auf dem Deck störte das freilich nicht. Regelmäßig meldeten die Posten die Zeiten, und sorgsam richtete sich der Blick der Leute am Steuerruder auf die hellbeleuchtete Scheibe des Kompasses, den befohlenen Kurs durch kurze Drehung des Rades einhaltend und regelnd. Die Positionslaternen warfen ihren roten und grünen Schein hinaus über das krause Salzwasser, und drunten im taghellen Räume arbeiteten die mächtigen Kurbeln der Compoundmaschine in fast geräuschlosen Bewegungen.

Auf der Kommandobrücke, an das Kartenhäuschen gelehnt, stand der erste Offizier, das Auge vorwärts gerichtet über den Bug des mächtigen Schiffes hinaus. Ab und an hob er das scharfe Nachtglas an die Augen, wenn er fern über dem schwarzen Meere ein Licht zu erkennen glaubte. Zum ersten Male seit der Abreise von Hamburg gönnte Kapitän von Delden sich ein paar Stunden der Nachtruhe, lief doch das Schiff unter sicherer Leitung des erfahrenen Offiziers.

Noch vor dem Eintritte der Nacht hatte dieser seine Runde durch alle Räume der Vierlanderin gemacht und dann, als der Wind immer mehr auffrischte, Stag- und Besansegel besetzen lassen, um die schlingernde Bewegung des Dampfers zu mildern.

In langen, regelmäßigen Zwischenräumen wurde das Schiff von den Seen gehoben, glitt dann wieder hinab in ein Wellental, und ein Zittern ging durch den eisernen Koloß, wenn einmal die Schraube hohl lief oder der Bug hinab schlug in das salzige Element.

Von Zeit zu Zeit entstieg den mächtigen Schloten ein Funkenregen, weit fortgetragen, und in immer neuen Dissonanzen tönte das Pfeifen des Windes im Takelwerke, einmal leise, als ob er müde geworden, dann mit neuer Kraft einsetzend. Mit acht Schlägen verkündete die Schiffsglocke, daß acht Glas – Mitternacht, – und die Posten sangen durch die Nacht in langgezogenen Tönen ihr »Alles wohl«.

»Sechzehn Knoten,« meldete eben der Bootsmann, der die Fahrgeschwindigkeit des Schiffes »geloggt« hatte, und der Offizier trat in das Kartenhäuschen, um mit Zirkel und Lineal den Punkt einzutragen, auf welchem die Vierlanderin augenblicklich nach Kurs und Fahrt sich befinden mußte.

Er hatte diese Arbeit noch nicht beendet, als seine Aufmerksamkeit plötzlich von anderer Seite in Anspruch genommen wurde.

»Was war das?« fragte er den Bootsmann, auf ein dumpfes Geschrei hindeutend, welches aus dem Zwischendeck herauftönte.

Sie waren auf die Kommandobrücke zurückgetreten. Wieder ertönte das Rufen.

»Wird ein Zwischendeckspassagier sein, Herr Leutnant, der das Delirium hat und sich unnütz macht, werde ihm die Zwangsjacke anlegen,« meinte der alte Seemann.

Aber noch hatte er nicht die Treppe erreicht, als ein wildes Geschrei vieler Stimmen aus den Niedergängen und Luken des Schiffes hervordrang.

»Feuer im Schiff,« hallte der Ruf des Postens auf der Back über das Deck, und »Feuer« – »Feuer im Zwischendeck,« pflanzte sich die Schreckenskunde mit Windeseile fort.

»Alle Mann auf!« kommandierte der Offizier und stürzte dann hinab zum Herde des Feuers.

»Zum Kapitän,« rief er dem Bootsmann zu, doch schon trat dieser auf die Brücke.

»Halb Dampf, klar bei den Dampfspritzen,« kommandierte er hinab in den Maschinenraum. Mit ungeheurer Geschwindigkeit waren die Matrosen auf den Plätzen, die ihnen die Feuerlöschrollen vorschrieben.

Die langen Schläuche waren angeschraubt, und allen voran eilte der Kapitän hinab zu dem gefährdeten Räume. Aber mit wahnsinniger Gewalt stemmte die kopflose Masse der Passagiere sich ihm entgegen.

»Die Treppe frei, zum nächsten Ausgange,« donnerte er den Drängenden zu. Doch schon war der Zugang fest verstopft durch die Niedergetretenen, das Jammergeschrei der Verwundeten erfüllte den Raum, und von Sekunde zu Sekunde wurde der empordringende Dampf dichter.

»Wasser, bald Wasser!« tönte jetzt die mächtige Stimme des ersten Offiziers von unten herauf, »noch ist das Feuer auf die vorderste Abteilung des Zwischendecks beschränkt! Aber Eile!«

»Richtet die Mundstücke auf die Treppe, es muß sein!« befahl jetzt der Kapitän, und im Nu ergoß sich der Wasserstrom über die gedrängte Horde. Ein infernales Gebrüll erfolgte, dann lockerte sich der Knäuel, ein Teil flutete vorwärts, andere stürzten zurück zum nächsten Aufgange, und eine Minute später drangen die braven Matrosen vorwärts über die Leichen, – durch den erstickenden Dampf.

Aber eine Unendlichkeit bedeutet eine verlorene Minute, wo des Feuers Gewalt gedämpft werden soll. Mit Heldenmut arbeiteten die Mannschaften, von ihrem tapfern Kapitän kommandiert. Vergebens suchten sie den eigentlichen Herd zu erreichen. Immer furchtbarer wurde der erstickende Dampf, immer weiter verbreiteten sich die Flammen, drängten die Löschmannschaften zurück.

»Schotten und Luken schließen,« kommandierte jetzt der Kapitän, und in wenigen Sekunden war der vom Feuer ergriffene Raum abgeschlossen, unaufhörlich ergoß sich der Wasserstrom in die vernichtende Glut. Furchtbarer Qualm drang aus allen Öffnungen. Dennoch hoffte man, des Feuers Herr zu werden, nachdem die Luft entzogen.

Da brachen prasselnd die Flammen durch das Oberdeck. Vom Winde gepeitscht, mit entsetzlicher Schnelligkeit breitete sich das verheerende Element aus, emporklimmend an geteertem Gute, an Wanten und Pardunen. Ein ungeheurer Funkenregen übersäte das Meer, als das Stagsegel hinweggefegt wurde, und schon ergriffen die Gluten die festgemachten Obersegel und Stengen.

Dennoch wurde der Versuch, das Feuer auf den vorderen Schottabschnitt zu beschränken, nicht aufgegeben. Der Kapitän hatte das Schiff vor den Wind gelegt, um die Ausbreitung nach achtern zu verhindern, und schon war es gelungen, durch ununterbrochene Arbeit der Spritzen auf dem Oberdeck eine Grenze zu legen, als mit einem Schlage alle Hoffnung auf Erhaltung des Schiffes ein Ende nahm. Atemlos, rauchgeschwärzt stürzte der erste Maschinist herbei.

»Feuer in den Kohlenbunkern! Die Schotten sind durchbrochen! Proviant und Segellast sind bereits in Flammen, die Kessel sind in Gefahr.«

So lautete die Schreckensmeldung.

»Vorbei!« kam es von des Kapitäns Lippen. Doch nur einen Augenblick war er unschlüssig, ließ sich von der furchtbaren Gewißheit übermannen.

»Es muß sein,« sagte er dann, warf einen kurzen Blick über das vom Feuerschein beleuchtete, brausende Meer, und laut und sicher tönte sein Kommando: »Alle Boote klar zum Fieren!«

Mit gewohnter seemännischer Disziplin wurden die kurzen Befehle ausgeführt. Schon standen die Matrosen an den Taljen bereit, und noch wäre genügende Zeit gewesen, alle, bis auf die wenigen, die im Feuer und Gedränge umkamen, in den Booten zu retten. In dem Augenblicke aber, als von der Menge diese Absicht erkannt wurde, entstand ein sinn- und gedankenloses Gedränge. Unter fanatischem Gebrüll stürzte sich die Horde auf die Boote, unbekümmert um die Faustschläge, mit denen die Matrosen sie zurückzuhalten suchte. Rücksichtslos wurde der Schwächere beiseite gestoßen, wo der Stärkere einen Vorteil erblickte.

Es war ein Ringen aller gegen alle – um die Selbsterhaltung. Jeder wußte jetzt, daß nur eine Wahl blieb – Tod in den Flammen oder Kampf mit den Wellen.

Durch den unerhörten Zudrang war bereits ein völlig beladenes Fahrzeug zum Kentern gebracht, vierzig Personen waren in den dunklen Fluten versunken, ihr Todesschrei verhallte im Brausen des Meeres, niemand konnte ihnen helfen. Es waren noch viele zu retten, und unheimlich griffen die Flammen um sich. Der Energie des

Kapitäns, seiner Offiziere und Matrosen gelang es endlich, eine oberflächliche Ordnung herzustellen und Gehorsam zu erzwingen. Boot auf Boot wurde beladen und mit den erforderlichen Seeleuten bemannt. Jetzt waren auch die beiden größeren Kutter zu Wasser und rangen mit der hochgehenden See um das Leben von nahe an hundert Menschen.

»Nur ‚Jolle' und ‚Gig' sind noch zur Verfügung!« rief eben der brave erste Offizier dem Kapitän zu, als er bemerkte, wie dieser Rundschau hielt.

»Gottlob! alle kommen unter!« lautete die Antwort. »Zuerst die Jolle und zuletzt die Gig.« Unter den wenigen Passagieren, die übrig geblieben, befanden sich auch Mally und ihr Vater. Arm in Arm hatten sie gewartet, bis auch an sie die Reihe kommen würde, und jetzt klang es wie ein Erlösungsruf aus der Tochter Munde:

»Sieh mein Vater, Gott ist uns gnädig, wir wollten zusammen sterben, und nun dürfen wir vielleicht zusammen leben.«

»Vorwärts,« mahnte jetzt der Ruf Deldens. Er selbst hielt des Mädchens Hand, als sie das Fallreep hinabstieg, ihrem Vater folgend. Kaum hatte sie den Fuß in das von Wellen unaufhörlich hin und her geworfene Fahrzeug gesetzt, als der Ruf »Achtung, die See!« die Matrosen auf eine eben heranrollende Welle aufmerksam machte. Sofort versuchten die erfahrenen Seeleute, vom Schiffe frei zu kommen und sich mit dem Bug dem Winde entgegen zu legen. Aber schon war es zu spät. Meterhoch wurde die Jolle emporgehoben, und in demselben Augenblicke, wo ihre Spanten und Planken unter dem furchtbaren Drucke an der Bordwand des Schiffes krachend zusammenbrachen, überstürzte sich der schäumende Kopf der Welle und zog das winzige Fahrzeug hinab in den schäumenden Gischt.

Nur Sekunden waren vergangen über das Entsetzliche. Nur ein angstvoller Ruf wurde gehört aus der dunklen Tiefe, – der Ruf um Hilfe, – dann nur noch das Knattern und Prasseln des Feuers da oben und das Brausen des Meeres.

Das letzte Boot – die winzige Gig, setzte eben ab vom brennenden Schiffe. Die letzten Lebenden haben Zuflucht gesucht in dem engen, schmalen Fahrzeuge – dem Tode zu entfliehen, dem Tode, der reiche Ernte hielt – oben in den Gluten, unten im schäumenden Meere. Verloren alle, die mit der zerschellten Jolle hinabsanken – alle!

Alle? Tauchte es nicht empor – dicht am Fallreep? Ein Funkenschwarm weht eben über Bord und beleuchtet matt einen Mann, einen Matrosen. Er hat die Stufen mühsam erreicht, eine schwere Last muß ihn hemmen. Ein neuer Lichtschein ergießt sich über die Szene. Deutlich sieht man den Mann. Er hat sich aufgerichtet, sein starker Arm umspannt eine Gestalt, ein lebloses Mädchen.

»Boot ahoi,« tönte es jetzt mächtig durch das Rauschen und Klatschen der Flut. Des Mannes scharfes Auge hat die Gig erkannt. »Boot ahoi,« ruft er wieder. Man hört ihn, die Gig wendet. »Hier am Fallreep!« ruft er nun. Wieder steigt eine Feuergarbe auf, lichtbringend. Dicht an der Treppe schießt das Boot vorüber. »Gebt Achtung, eine Gerettete!« ruft der Matrose entgegen, und schon haben die kräftigen Hände das zarte Mädchen ergriffen, hineingehoben. Der brave Matrose ist nachgesprungen auf die rettenden Planken. Die Riemen werden angezogen, und leicht hebt sich das schmale Fahrzeug über die Seen, gleitet durch die Täler, vom Feuerschein beleuchtet.

Zitternd beleuchten die Strahlen auch ein totenblasses Mädchenantlitz.

Immer weiter ist drüben an Bord die zerstörende Kraft fortgeschritten. Schon beginnt auch der Kreuzmast zu brennen.

»Mein Gott, ein Mensch! Auf dem Schiffe!« – »Wer ist's?« so geht es jetzt von Mund zu Mund in der Gig. Deutlich erkennt man die Gestalt eines Mannes.

Und dann – ein Schreckensruf aus den Kehlen der Seeleute! Riesige weiße Dampfwolken, grausig von den Flammen erhellt, steigen hoch zum Himmel empor, brennende Trümmer mit sich reißend, ein dumpfer Donnerhall rollt über das Meer, wie bei fernem Gewitter!

»Delden,« murmelt der Offizier am Ruder, »er hat Wort gehalten, als er uns einst sagte: ,Der Kapitän geht unter mit seinem Schiffe'. Gott nehme die Seele unseres Kapitäns gnädig auf!« Es war wie ein stilles Gebet, was der Offizier sagte.– – –

Langsam erloschen die Flammen an Bord der Vierlanderin, tiefer und tiefer sank der Rumpf.

»Die explodierenden Kessel müssen die Eisenhaut gesprengt haben,« meinten die Matrosen.

Dann wurde es ganz dunkel, Nacht ringsum.

Noch arbeitete das Meer in mächtiger Dünung, noch hatten zwei Matrosen ununterbrochen mit Ausschöpfen des Spritzwassers aus der zierlichen Gig zu schaffen. Aber der Wind hatte nachgelassen. Im Osten zeigte sich ein heller Streifen über dem Meere. Langsam trat die Sonne golden hervor hinter der Kimmung und sandte ihre Strahlen über den Ozean. Nichts kennzeichnete den Ort, wo gestern ein stolzes Schiff gesunken, wo so viele nach verzweiflungsvollem Todesringen ihr feuchtes Grab gefunden. Nirgends eine Spur von den Booten und auch nirgends ein Segel, – der Rauch eines Schlotes, Rettung verheißend! Auf weitem Meere – verlassen – schwamm das winzige Fahrzeug mit den neun Männern. Zwischen ihnen das Mädchen – die Waise.

»Vater, wo ist mein Vater?« fragte sie, aus langer Ohnmacht erwachend, und das stumme Schweigen rings war ihr eine schreckliche Antwort.

»Allmächtiger Gott, laß mich, zu ihm!« schrie sie auf im ersten heftigen Paroxismus des Schmerzes; »ich war's, die unrecht tat, nicht er!« Sie versuchte dann hinauszuspringen, aber starke Hände hielten sie. Seit jenem Augenblicke kam keine Klage über ihre Lippen, keine Träne gab ihr Linderung, und doch hatte sie alles verloren.

Zwölf lange, bange Stunden waren seitdem verflossen. Schon stand die Sonne bedenklich tief, und ohne Kompaß mußte bald jede Orientierung aufhören. In dumpfem Schweigen verharrte die Gesellschaft, ja, einzelne der Männer hatten Schlaf gefunden nach den übermenschlichen Anstrengungen. Schon frühmorgens hatte der Offizier die Bootsegel setzen lassen, um der französischen Küste näher und in den Kurs der großen Seestraßen zu kommen. Einmal nur im Laufe des Tages erwachte die Hoffnung auf Rettung lebhafter, als auf wenige Seemeilen eine Bark vorübersegelte. So nahe kam das mächtige Schiff, daß die Matrosen in den Wanten gesehen wurden, und dennoch hatte wohl niemand das winzige Segel zwischen den Wellen der Dünung erkannt. Sie segelte weiter unter vollem Zeuge, war bald verschwunden hinter dem Horizonte. Oft sah man dann den Rauch von Dampfern, aber viele Meilen lagen zwischen ihnen und der Gig.

Dazu begann der Hunger sich fühlbar zu machen. Außer einigen Büchsen konservierten Fleisches waren keine Lebensmittel vorhanden, vor allem kein Wasser. Eben waren die schmalen Portionen verteilt. Noch einmal ließ der Offizier sein scharfes Auge am Horizont entlang gleiten. Plötzlich richtete er den Blick auf eine Dampfwolke.

»Holt das Segel nieder und ‚auf Riemen'!« befahl er den Matrosen dann in offenbarer Erregung, »gerade in den Kurs können wir ihm kommen, wenn wir ausholen.« Und pfeilschnell zog das, Boot wenige Minuten später durch das Wasser.

Eine Viertelstunde war vergangen. »Auf Riemen!« kommandierte der Offizier. »So, nun decken sich die Toppen des Schiffes, wir liegen im Kurse.«

Es war plötzlich Leben in die Gesellschaft gekommen. Das Vergangene schien vergessen, und die Hoffnung allein stand im Vordergrunde, denn immer deutlicher traten die Umrisse des Schiffes aus dem Horizonte hervor.

Mally allein blieb teilnahmslos. Sie sah das alles, was vorging, und doch schien ihr Geist nicht berührt von dem, was die Sinne vernahmen.

»Freuen Sie sich doch, Fräulein,« sagte ein alter Seemann, »Sie wissen nicht, wie es ist, wenn der Hunger einkehrt, oder wenn man Minute für Minute um sein Leben kämpft mit dem Salzwasser oder den Haifischen!«

Der Matrose wußte wohl kaum, welche Saite er berührt hatte, als Mally jetzt in Schluchzen ausbrach. »Vater, warum ließ man uns nicht zusammen?« klang es leise über ihre Lippen.

Aber niemand hörte das, denn näher und näher kam der Dampfer. Dann schlug die Schraube rückwärts, die Fahrt hörte auf, und wenige Minuten später lag die Gig längsseit. Die Geretteten kamen an Bord, vom »Hurra« der Mannschaft begrüßt, und »*onder vollen stoom!*« kommandierte der Kapitän des holländischen Regierungsdampfers »Koning der Nederlanden« auf der Fahrt nach den westindischen Inseln begriffen.

Das Geschwader der ostasiatischen Station lag aus der Rhede von Makassar. Zum ersten Male zeigte das Deutsche Reich seine stolze Kriegsflagge in den niederländischen Gewässern

Zehn Tage waren vergangen, seit die schweren Anker unter mächtigem Rauschen hinabsanken in die Tiefe, seit der Donner der Geschütze am bergigen Gestade in tausendfachem Echo widerhallend – der holländischen Trikolore da oben auf dem winzigen Fort Vlaardingen den Gruß zurief vom Bruderstamme. Voll Bewunderung haftete damals der Blick der deutschen Seeleute auf der herrlichen Küste von Celebes, auf der amphitheatralisch emporsteigenden Stadt, mit ihren hellen Hausern sich malerisch abhebend von dem dunklen Hintergrunde der schön profilierten, bewaldeten Hohen und Berge.

Die freundlichen Häuser, die gartenumgebenen Villen der Kalverstraat, des europäischen Viertels, hatten seitdem den deutschen Offizieren ihre Türen geöffnet – in einer Weise, als gälte es ein Ringen um die Palme der Gastfreundschaft.

In majestätischer Ruhe wiegten sich jetzt die deutschen Schiffe – es waren die Kreuzerfregatte »Stosch«, das Flaggschiff, und die Korvette »Sophie« – auf der blauen Flut, von den letzten Strahlen der sinkenden Tropensonne beleuchtet.

Der Dienst an Bord Seiner Majestät Schiff »Sophie« war beendet, und eben kam die Pinnaß steuerbord längsseit, um die wachfreien Offiziere und Kadetten an Land zu bringen.

Bald waren die mit blauen, rotberänderten Tuchdecken belegten Sitze im Achterteile eingenommen, das Boot wurde vom Fallreep abgesetzt, »überall« ertönte das Kommando des Bootführers, und rasch flog das leichte Fahrzeug dem Strande zu. Der »Landgang« fand heute sehr rege Beteiligung, denn es war ein unbestimmtes Gerücht von baldigem »Ankeraufgehen« herüber gekommen vom Flaggschiffe, und da mußte die Zeit ausgenützt werden.

In lebhafter Konversation behandelte man »vor der Bootflagge« das Ereignis des gestrigen Abends– den wohlgelungenen und glänzenden Ball an Bord der »Stosch« – vom Kommodore gegeben, als bescheidene Erwiderung niederländischer Gastfreundschaft.

»Item, das muß ich gestehen,« sagte eben der Kapitänleutnant Brentmann, ein rotbärtiger, rotbackiger Hannoveraner, »ich hätte unseren biederen Nachbarn im Nordwesten wirklich nicht so hübsche und vor allem so muntere Frauen und Töchter zugetraut, und wie kleidsam ist diese Tracht, die ›Sarany‹! Warum führt man nur diese Mode nicht auch in Europa ein?«

»Denken Sie sich die Admiralin von Wulf im nur von einem Gürtel gehaltenen wallenden weißen Tropengewande, in seidenen Sandalen, ohne Strümpfe, auf dem Kasinoballe in Kiel!« warf mit trockenem Witze ein älterer Leutnant ein.

Alles lachte, denn jeder wußte um die ungeheure Körperfülle der armen Admiralin.

»Übrigens,« fuhr der Sprecher fort, »ist die schönste Erscheinung des gestrigen Festes weder Holländerin noch Celebeserin.«

»Wer?« klang es von verschiedenen Seiten.

»Natürlich meine ich die Jufvrouw van der Pütt, die ältere, die ja eigentlich gar keine van der Pütt ist, sondern –«

»Wer ist sie denn?« fragte man jetzt mit Spannung.

»Undine, Wassernixe, Sirene – wer weiß das? Der holländische Kamerad Mynheer Storm van der Gracht erzählte mir gestern – aber darüber wird uns doch gewiß Serlo, als näherer Bekannter, Auskunft geben können,« wandte er sich plötzlich mit einem Anfluge von Sarkasmus an einen Offizier, der bisher scheinbar an der Unterhaltung nicht teilgenommen hatte.

Eine tiefe Glut breitete sich über die schönen, ernsten Züge des Angeredeten, dann legten sich ein Paar drohende Falten auf dessen Stirn, und seine großen dunklen Augen richteten sich fragend und doch fast drohend auf den Kameraden.

»Ich wüßte nicht, Herr von Gallwich, daß ich mich Ihnen gegenüber als näheren Bekannten des Fräulein van der Pütt –«

»Nur keine Bö in das Wollzeug unserer guten Laune!« schnitt ein auffallend großer und noch bartloser Leutnant die gereizte Antwort Serlos ab. »Außerdem habe ich hier auch noch ein Wort zu reden. Wenn von einer ‚Schönsten' auf dem gestrigen Feste die Rede sein kann, dann – nun, dann ist das allerdings ein Fräulein van der Pütt, da stimme ich bei, aber nicht die ältere, die dunkle, die ernste, sondern –«

»Das Kind! Bravo, Schaum! – Das ist recht, tritt du für deine kleine Tänzerin ein!« – »Farbe bekannt!« so klang es durcheinander.

»Laßt nur gut sein, die Jugend ist kein Fehler, so was wächst heran und – na, die vierzehnjährige kleine Schönheit mit dem munteren, kindlichen Wesen gefällt mir nun einmal besser wie die meisten Frauen, die, vierfach so alt sind.«

Er lachte herzlich über den eigenen Scherz, und alle lachten mit.

»Bug!« kommandierte eben der Bootssteurer. Das Boot wurde an der Landungsbrücke festgemacht, und während die Offiziere von Bord gingen, reichte Serlo dem Leutnant Gallwich die Hand.

»Wollen Kette stecken,« sagte er leise, »es war gut, daß Schaum mich nicht zu Worte kommen ließ, Sie wissen, jeder hat einmal seine schwachen Augenblicke.«

»Ich wußte wirklich nicht, Serlo, daß – ich habe geglaubt – und es war auch keineswegs Nachteiliges –«

»Ist auch nichts zu wissen oder zu glauben,« antwortete jener, und das klang plötzlich wieder so ernst, daß man die Stirnfalten zu sehen glaubte, obwohl es zu dunkeln begonnen.

Man war an der Hauptstraße angekommen. Die Gruppen teilten sich. Während Serlo und Schaum sich der Kalverstraat zuwandten, schlugen die übrigen den Weg zum Gartenetablissement des Hotels ein, in welchem sich allabendlich die Deutschen mit den einheimischen Offizieren, Kaufleuten und Angestellten zu vereinigen pflegten.

»Ich lasse mich kielholen, wenn der Serlo nicht vor Topp und Takel im Fahrwasser der schönen van der Pütt läuft,« äußerte, sobald die beiden Kameraden außer Hörweite waren, ein blutjunger Unterleutnant, der seine Offizierspauletten auf die erste große Reise führte, »ich habe Ausguck gehalten gestern abend. Müßte mich irren, wenn der deutsche Panzer nicht versuchte, die schlanke holländische ›Galeasse‹ zu ›rammen‹. Bin übrigens neugierig, zu erfahren, auf welcher Helling das nette Fahrzeug gezimmert wurde, wenn nicht auf einer holländischen! Wissen Sie Näheres darüber, Herr von Gallwich?«

»Tun Sie mir den einzigen Gefallen, lieber Agena,« antwortete dieser, »und gewöhnen Sie sich vor allem Ihr abscheuliches Bootsmannslatein ab! Ihre Neugier können Sie übrigens bald befriedigen, denn dort ist schon Mynheer van Storm.«

Man war eben am Hotelgarten eingetroffen, wo ein junger, schlanker Herr in der einfach dunklen Uniform der holländischen Infanterieoffiziere der Ankommenden bereits harrte.

»Mynheer van Storm Sie müssen uns etwas über die Jufvrouw Martha erzählen!« drang Agena auf diesen ein. Seine Neugier schien übrigens von vielen Kameraden geteilt zu werden, denn bald hatte sich um den jungen holländischen Offizier eine Gruppe gebildet, und dieser mußte sich *nolens volens bequemen,* seine Kenntnisse preiszugeben.

»Interessant ist meine Wissenschaft über Fräulein van der Pütt die Ältere im Grunde nur deshalb,« begann er scherzend und in gutem Deutsch, »weil ich eben möglichst wenig von ihr weiß, also der Phantasie reicher Spielraum bleibt. Als Mynheer van der Pütt – übrigens ein schwerwiegender Kaufherr – vor drei Jahren nach Makassar übersiedelte, brachte er neben seiner Frau zwei Kinder mit von beiläufig fünfzehn und elf Jahren. Mynheer und Mefvrouw nannten beide ihre Töchter, obwohl durch die Mitreisenden auf dem »Koning der Niederlanden«, dem Überfahrtsdampfer, bekannt wurde, daß das ältere der beiden Mädchen irgendwo aus einem Schiffbruche gerettet und von dem Kaufherrn, wohl zur Gesellschaft seiner Kleinen, aufgenommen sei. Fest steht, daß in der Familie van der Pütt keinerlei Unterschied zwischen der wirklichen und der angenommenen Tochter gemacht wird, und daß niemals auch nur mit einer Silbe angedeutet wurde, Martha sei nicht die älteste Tochter des Hauses. An der eben erzählten Tatsache, die wohl authentisch ist, ändert das freilich nichts.«

»Also doch ein Stück von einer Wassernixe!« warf der Kapitän-leutnant Brentmann ein, »emporgestiegen aus einsamer Stille des Flutenpalasts!«

»Nixenhaftes klebt der jungen Dame in keiner Weise an,« verbes-serte ihn Mynheer van Storm. »Sie zeigte schon als halbes Kind einen Ernst, der ihr mit Unrecht den Namen ›de Droevig‹ – die Be-trübte – einbrachte, denn im Grunde hat sie ein heiteres Tempera-ment. Dennoch ist ihr Wesen nicht frei von einer – wie soll ich sagen – Schwermut, die mit ihrem so klaren, festen Charakter fast im Wi-derspruche zu stehen scheint. Sie ist eben anders wie andere Mäd-chen von achtzehn Jahren, und dennoch werden Sie kaum in der europäischen Kolonie ein ungünstiges Urteil über das junge Mäd-chen hören, selbst bei den Damen nicht. Und das ist um so durch-schlagender, als doch Martha van der Pütt nicht nur geistig über die meisten ihres Geschlechtes und Alters hervorragt, sondern doch immerhin –«

»Die schönste unter den hiesigen jungen Damen ist,« fiel der Hannoveraner ein, »und das scheint Mynheer van Storm van der Gracht auch nicht entgangen zu sein!«

»Mynheer van Storms Empfindungen,« antwortete dieser scher-zend, »würden Mejufvrouw Martha van der Pütt ebenso wenig berühren wie die irgend eines andern hier auf Celebes. Gegen jeden freundlich, verbietet sie dennoch in ihrem ganzen Wesen jede An-näherung. Sie ist eben ein wunderbares Mädchen – ein Stück Myste-rium, welches auch die beiden Herren nicht durchschauen werden, die täglich im Hause ihrer Eltern verkehrten, freilich könnte da nur Mynheer Serlo in Frage kommen, denn Leutnant Schaum scheint sich mit derartigen Problemen nicht befaßt zu haben.«

Es trat eine Pause in der Unterhaltung ein. Jeder dachte wohl noch an das Mysterium, als plötzlich der Leutnant Agena, wohl als Resultat seiner Reflektionen über die Ergründung desselben mit Nachdruck ausrief:

»Morgen gehe ich hin!«

Ein schallendes Gelächter belohnte den Ausspruch, man hatte seinen Gedankengang erkannt.

Arm in Arm wanderten die beiden Freunde, Serlo und Schaum, zu derselben Zeit in der breiten Villenstraße auf und ab. »Xaver, was ist mit dir?« begann Schaum nach längerem Schweigen. »Du bist gereizt und dennoch träumerisch, heftig, und in demselben Augenblicke wieder kommt dein gutes treues Herz zum Durchbruche – ja, laß nur,« wehrte er in einer ablehnenden Geste, »es ist mir nicht entgangen, daß du dem Gallwich die Hand gabst, nachdem ich noch wenige Minuten vorher in die Parade springen mußte. Aber was frage ich dich? Ich weiß es ja, wer dir mitspielt, und, glaube mir –« Er schwieg und sah den Freund fragend an, als scheue er sich, das auszusprechen, was ihm auf den Lippen schwebte.

»Was weißt du?« fragte Serlo ernst.

»Nun denn, ich weiß, daß du nicht der Mann bist, der es verdient, von einem Mädchen so behandelt zu werden, wie diese kühle, so herzlose –«

»Franz!«

»Ja, laß mich weiter reden, einmal muß es herunter von der Leber, was ich seit drei Tagen mit mir herumtrug. Ein Blinder müßte ich sein, wenn ich nicht sähe, und nicht dein Freund, wenn ich nicht fühlte, was mit dir vorgeht. Du liebst Martha – nicht nach unserer flüchtig raschen Seemannsart, – die paßt nicht zu dir, das weiß ich – du liebst sie mit der ganzen Kraft deines viel zu guten Herzens, und sie – nun, sie ist eben eine Undinennatur – Weib und doch ohne Seele.«

Serlo blieb stehen. Er legte die Hand auf des Freundes Schulter. Die Strahlen der Straßenlaterne beleuchteten sein blasses Antlitz.

»Franz,« sagte er dann leise, und seine Stimme vibrierte, »Franz, so wahr du erkannt hast, was in mir vorgeht, schon seit dem ersten Tage unseres Hierseins sich in mir regte, so falsch beurteilst du sie, die du nicht kennst, die –« »Die mit ihren großen, schönen Augen einmal das Feuer der Leidenschaft in deinem edlen Herzen entfacht und dann wieder mit eisiger Kälte dich abwehrt.«

»Aber Franz?«

»Bitte, nicht unterbrechen, nun ich einmal den Mut faßte, dir Freund zu sein – auch wenn's weh tut! Ich habe euch beobachtet, täglich, auch gestern abend. Ich habe gesehen, wie sie den Blick nicht von dir wandte, wie sie an den Worten zu hängen schien, die du so beredt ihr zuflüstertest während des Blumenwalzers. Dann sah ich aber auch, wie sich plötzlich alle die Wärme zu verlieren schien, die eben noch aus ihren Augen strahlte, wie sie sich zu ihrem andern Nachbarn wandte, während du mit fast schmerzlichem Ausdrucke ihr nachblicktest – ach, Freund, du kannst dich ja nicht verstellen, wenn du auch willst! Xaver, glaube mir, sie spielt mit dir, und hinter dem umschleierten Blicke da lauert –«

»Ich bitte dich, sprich nicht weiter. Vielleicht entscheidet noch der heutige Abend über mein Schicksal und bringt dir den Beweis, daß Martha die Beste unter allen ist, daß sie die Verehrung verdient, die man ihr zollt, und – daß dein Freundesherz dich Schatten suchen ließ, wo helles Licht ist.«

»Soll mir das Liebste sein – immerhin weißt du meine Meinung nun! Übrigens ist es acht Uhr, da tönt auch eben der ›Erlösungsschuß‹, und wir können gehen.«

Es war fast dunkel geworden in jenem plötzlichen Übergange, welcher in den Tropen Tag und Nacht trennt. Nach unerträglicher Hitze begannen die Stunden labender Kühle. Alle die zierlichen Gärtchen, von denen die Villen an der Europäerstraße umgeben sind, belebten sich; überall bemerkte man jetzt frohe, lachende Menschen in den laubumrankten Verandas oder in hell erleuchteten Räumen bei geöffneten Fenstern. Der Tropenbewohner verschmäht auch im Innern seiner Wohnung jenes Halbdunkel der Dämmerstunde, das in der Natur auf eine verschwindend kurze Zeit beschränkt ist. Man liebt das Licht, Kronleuchter und Lampen bilden das Haupterfordernis zum Wohlleben.

Auch aus der Villa, vor deren Eingangspforte die beiden Freunde jetzt ankamen, strahlte ihnen helles Kerzenlicht entgegen.

»Weise Einrichtung, daß der Kommandant von Makassar das Ende der Visitenstunde durch den Kanonenschuß andeutet, denn sonst wäre der da am Ende noch lange nicht gegangen,« äußerte Schaum. »Hätte mir heute gar nicht gepaßt, das Vorrecht des Abendbesuches bei van der Pütt mit dem Komodore zu teilen.« Er zog den Kameraden rasch in den Schatten und deutete mit einer Handbewegung auf die Veranda, deren Stufen eben ein Herr in der Marineuniform betrat, durch den Hausherrn freundlich bis an das Gitter geleitet. Noch sah dieser dem Fortgehenden nach, als die Offiziere herankamen.

»Ah, da sind Sie ja! Meine Frau hat Sie längst erwartet, und wir alle hoffen auf eine musikalische Unterhaltung, wenigstens was Sie betrifft, Herr Serlo. Und auch Ihrer harrt man mit Ungeduld, Herr Leutnant Schaum; das Kind, die Eva, brennt schon auf die Scherze, die heute –«

»Sie kommen, da sind sie schon, Mama!« rief eine fröhliche Stimme jetzt in das Haus hinein, und unmittelbar darauf erschien in dem Lichtkreis der Verandalampe ein Mädchen, dessen schlanke Gestalt freilich zu der Bezeichnung »das Kind« kaum noch zu berechtigen schien.

Kindlich und völlig natürlich war aber die Unbefangenheit, mit welcher sie den Herren entgegentrat.

»Nein, das war zu nett gestern auf Ihrem Schiffe, – zu nett,« sagte sie überzeugungsvoll, »und nun müssen Sie erzählen, Mynheer Schaum, was nachher noch alles war, und was Sie geredet haben, was man über uns sagte – alles, alles!«

»Aber, Eva, so laß doch die Herren wenigstens erst zu Ruhe kommen,« mahnte die Dame, welche jetzt herzu trat. »Willkommen, meine Herren, wir fürchteten schon, Sie würden heute ausbleiben.«

»Wer kennt das ›Morgen‹, Mefvrouw van der Pütt! Drum nützt des Glückes Gunst geschwind, denn das ist Seemanns Regel!« deklamierte Schaum und legte zur Beglaubigung seines Wahlspruchs die ungeheuer große Hand auf das Herz.

»Ach, wenn Ihr Herz so groß wie Ihre Hand ist, dann –« neckte Eva.

»Groß ist das Meer und der Himmel, doch größer, größer mein Herz!« zitierte Schaum eben mit Pathos, als eine dritte Dame der Gruppe sich zugesellte, in allem das Gegenteil der munteren Eva. Wohl zeigte auch sie ein freundliches Lächeln, als sie den Gästen die Hand reichte, aber über dem Lächeln lag es wie ein trüber

Schleier. Jetzt begegneten ihre dunklen Augen voll Serlos Blicken, ohne auszuweichen, und die Frage, die sie darin las, das tiefe Gefühl, welches daraus sprach, mußten sie Wohl noch trauriger stimmen. Es wurde plötzlich feucht unter den langen Wimpern, sie wandte sich ab und suchte einen Sessel abseits.

»Ich hatte Kopfschmerzen den ganzen Tag und möchte dem Lichte nicht zu nahe sein,« sagte sie, gleichsam erklärend.

Aber nur Serlo hörte das, denn –

»Jetzt erzählen,« drängte schon Eva in komischer Ungeduld. Man gruppierte sich um die Lampe, und mit ungeheurem Ernste und lebhaftem Mienenspiel begann Schaum:

»Sie wollen wissen, *veledele jufvrouw* Eva van der Pütt, womit sich Ihr aufrichtiger Freund und gehorsamer Verehrer Franz Schaum, kaiserlicher Unterleutnant zur See, gestern abend nach beendetem Balle beschäftigte? Gut, Sie sollen es erfahren: die ganze Nacht habe ich im Studium des Holländischen verbracht!«

Das Mädchen sah ihn mißtrauisch an, als erwarte sie wieder eine kleine Neckerei hinter der Behauptung. » *Onmogelik*,« sagte sie dann mit der eigentümlich gedehnten Betonung der Mittelsilbe.

» *Seeker!*« antwortete der Leutnant mit gleichem Nachdrucke und einer höchst überzeugenden Miene, »es war sogar nur ein einziges Wort, das mein ganzes Denken in Anspruch nahm!«

»Ein Wort?«

»Ja, das Wort › *gelukkig*!‹ – glücklich!« –

Ein heiteres Lachen belohnte den Offizier, denn alle kannten die Bezeichnung, die man Eva im Kreise der Gesellschaft gegeben, wohl im Gegensatze zu der » *droevigen*« Schwester.

»Ich weiß auch ein Wort, über das Sie in der kommenden Nacht nachdenken können,« antwortete das Mädchen dann keck, » *vermetel* (verwegen) heißt es.«

Während des kindlichen Wortkampfes hatte Serlo den Blick nicht eine Sekunde lang abgewandt von Marthas weichen, schönen Zügen. Hatte er das Mädchen schon einmal gesehen, vor langer Zeit? Ihr Bild vielleicht? Die Frage war beim ersten Begegnen vor ihm aufgetaucht. Auch jetzt wieder suchte er vergebens in seiner Erinnerung. Warum war sie erschrocken, als er gestern abend im Blumenwalzer leise gefragt hatte, ob sie sich jemals entschließen würde, nach Deutschland zu kommen? Warum hatte sie sich so plötzlich abgewandt?

Als jetzt der Freund von neuem die Schleusen seiner frischen Laune öffnete, zog Serlo einen Sessel an Marthas Seite.

»Man nennt Ihre Schwester die Glückliche,« begann er, »und das ist erklärlich. Wissen Sie aber auch, mit welchem Beinamen man Sie bezeichnet, mein Fräulein?«

Sie richtete die großen Augen voll auf den Nachbar, als wollte sie sich überzeugen, ob seine ernst klingende Frage auch ernst gemeint sei.

»Man nennt mich ›de Droevig‹, die Traurige, oder auch ›de Gewond›, die Verwundete, ich weiß das,« sagte sie dann fast ausdruckslos.

»Fräulein van der Pütt,« fuhr er jetzt flüsternd fort, während Schaum eben wieder die Heiterkeit zum Ausbruche brachte, »Fräulein van der Pütt, darf ich Ihnen sagen, daß auch ich die ganze Nacht über ein Wort nachdachte, aber vielleicht mit größerem Ernste, wie mein froher Freund? Sie nannten es eben selbst, das Wort, und Ihre Augen sprechen es von neuem! Fräulein Martha, Sie werden nicht nur ›gewond› genannt, Sie –«

Er brach ab, und leise antwortete sie:

»Ich bin es auch! Aber wer sagte Ihnen, was ich noch niemand gestand?«

»Wenn das Schicksal zwei Menschenseelen die gleichen Schriftzeichen gab, dann können sie gegenseitig lesen, was in ihren Herzen geschrieben steht. Begegnen, finden sich solche Seelen, dann verschmelzen sie im Erkennen – Verstehen zu namenlosem Glücke!«

Sie sah ihn fragend an, als ob der Sinn seiner Worte ihr noch dunkel sei.

»Ja, ich kann mir das denken,« sagte sie dann, den Blick in das Unbestimmte gerichtet, fast träumerisch, »das Verstehen – das ist –

Glück! Und wo das Wort 'Glück' dann mit leuchtender Schrift erscheint, da verlischt jenes andere trübe *Droevig*,« ergänzte, sie fast tonlos.

»Martha!« klang es flüsternd und doch wie ein Jubelruf, »Martha, habe ich recht gelesen, darf ich helfen, das böse Wort auszulöschen? O, ich weiß, es ist vermessen, jetzt schon – nein, Martha, lassen Sie mich nicht ohne ein Wort der Entscheidung, sagen Sie mir, daß Sie mir gut sind. Vielleicht trennt uns in wenigen Tagen, in Stunden schon das Meer, lassen Sie mich nicht von dannen ziehen ohne Hoffnung!«

Vergebens hatte Martha versucht, Serlo zu unterbrechen. Dann hörte sie ihn zu Ende, in seinen erregten Zügen forschend. Einen Moment leuchtete es wie Glück, wie ein großes Glück in ihren Augen, aber auch nur eines Gedankens Kürze dauerte die Selbsttäuschung.

Der Ausdruck des Leides kehrte wieder, als sie dem Nachbar die Hand reichte – er fühlte, es sei zum Abschiede.

»Nun ist es doch geschehen, was ich Ihnen ersparen wollte, Sie haben das ausgesprochen, was auch ich gelesen in Ihrer Seele – in meinen Schriftzeichen. Haben Sie nun auch den Mut, die Antwort zu hören. Das Schicksal hat das 'Glück' auf alle Zeit aus meinem Lebensbuche gestrichen. Niemals darf ich meine Hand in die eines edlen Mannes legen, am wenigsten in die eines deutschen Offiziers –«

»Martha–, ich bin unabhängig, reich, kann in wenigen Monaten – «

»Xaver, die Kluft, die mich vom Glücke trennt,« unterbrach sie ihn mit weicher Stimme, »die können keine Schätze der Welt, die kann keine Liebe, kein Opfer ausfüllen. Was ich selbst trage, das würde mir unerträglich werden, wenn es ein anderer mit mir trüge.«

»Was es auch sei, wie schwer die Last, ich würde sie freudig tragen helfen; Martha nimm mir nicht alles, nicht die Hoffnung!«

»Ich bin ein heimatloses Mädchen, ohne Namen, ohne Stand. Man hat mich in diesem Hause an Kindesstatt aufgenommen, obwohl ich jede Auskunft über meine Vergangenheit verweigerte. Meine Zukunft gehört einzig dem Glücke meiner Schwester, die ich über alles liebe. Ein Glück für mich – darf es nicht geben.«

Sie hatte mehr und mehr ihren Worten einen Anklang von Härte zu geben gesucht, sie hatte das immer getan, sobald Serlo durchblicken ließ, wie er für sie empfand. Und nun ging's doch zu Ende mit der Kraft, und –

»Xaver, sei glücklich ohne mich – ich – ich bin deiner unwürdig!« klang es von ihren Lippen.

»Aber, Martha, so höre doch!« rief jetzt deren jüngere Schwester lachend.

Martha sprang auf und legte die Hand auf Evas Schulter. »Nun?«

»Denke dir, Leutnant Schaum will wirklich zum Radjah von Goa, Krokodile jagen. Aber wozu? Rate!«

»Meine Damen,« sagte jetzt Schaum, indem sein Gesicht wieder die ernste, vertrauenswürdige Miene annahm, »meine Damen, es ist ganz gewiß nicht übertrieben, wenn ich eben erklärte, daß ich eine ganze Reihe von Aufträgen europäischer Damen auf Krokodilstränen bekam. Das ist dort ein viel gebrauchtes Mittel zum Erweichen von Gattenherzen. Der Artikel ist so kostbar, daß mancher Mann ein paar rechtzeitig applizierten Tränen schon sein Vermögen opferte und noch Ehre und Energie in den Kauf gab. Aber ich setze meine Hoffnung auf den Radjah. Der Mann hat ja viele Frauen, und die werden von dem Artikel auf Lager haben in dieser krokodilreichen Gegend.«

»Tränen muß man lachen, wenn Sie so furchtbar lügen,« meinte Eva, und es rannen ihr die Tränen wirklich von den frischen roten Backen.

»Aber Kind, welche Ausdrücke!« lautete der Mutter Ermahnung.

»O, das schadet nichts, Mynheer Schaum kennt mich schon!«

»Unzweifelhaft, nach der Probe!«

»Sie haben immer das letzte Wort! Aber nun kommt Ihr ernster Freund an die Reihe! Nicht wahr, Herr Leutnant Serlo, Sie singen uns etwas und auch du, Martha – o,« wandte sie sich an Schaum zurück, »ernste Menschen können auch sehr, sehr lieb sein!« Sie schloß bei den Worten die Schwester in die Arme. »Aber nun kommen Sie, kommen Sie!«

Sie eilte voran in den Musiksalon.

»Die kleine, wilde Hummel!« rief Martha zärtlich aus. »Fast möchte man sie um ihre Lebensfreude beneiden, wenn man ihr das Beste nicht so ganz gönnte! Sie nehmen ihr die kindliche Art doch nicht übel, Herr Leutnant, bei ihren fünfzehn Jahren?«

»Aber denken Sie denn, daß mir solch frisches, natürliches Wesen nicht sympathischer wäre, wie die Unnatur, die man unsern jungen Damen zum Beispiel in Berlin anerzieht?«

»Wie ist dies zu verstehen?«

»Daß den armen, Kindern die schönste Zeit des Lebens geraubt wird, indem man sie vorzeitig zu Damen macht, ihnen nicht einmal Zeit läßt zu einer naturgemäßen geistigen Entwicklung. Frühreife, saure Treibhausfrüchte!« »Und so sind sie alle, dort bei Ihnen?« fragte Martha.

»Aber wo bleibt ihr denn!« rief jetzt Eva durch die offene Tür, »ich habe schon alle deine Lieder herbeigeholt, Martha!«

»Auch Sie singen, Fräulein Martha?« fragte Serlo.

»Und da fragen Sie noch?« fiel Eva ein; »können Sie ihr das nicht anmerken, sieht sie nicht aus, meine Martha, wie – ein Lied?«

»Nun, wie welches denn?« fragte dieser scheinbar heiter.

»So helfen Sie doch, Sie ernster Deutscher, oder fragen Sie Ihren Freund, der weiß immer alles!«

»Ich schlage Schumann vor,« fiel Schaum rasch ein, »Zuleika!«

»Gut, sehr gut! ›Sie alle gleichen Zuleika nicht,‹ das paßt,« rief sie aus und drückte die Schwester an sich, »und nun sollst du uns das gleich singen, Martha, bitte, bitte!«

Martha sann einen Moment. »Nein, das nicht,« sagte sie dann, »ich will ein Lied singen, das besser zu mir paßt.«

Sie setzte sich an den Flügel und begann Mendelssohns so tief ergreifendes »Da lieg' ich unter den Bäumen«.

Sie sang auswendig. Serlo stand ihr gegenüber. Sie sah zu ihm hinauf, als spräche, sänge sie nur zu ihm. Im Klange der weichen, schönen Stimme kam mehr und mehr ein reiches, mächtiges Weh, eine bewältigende Tiefe des Empfindens zur Geltung, sie fühlte, wie sie verstanden wurde.

Und er? Sein Herz schlug fieberhaft, sein Atem flog, und seine Augen schienen das Mädchen umspannen zu wollen, dessen Mund ihm so rückhaltlos verriet, wie ihre Seele litt, heimlich litt. Wie ein Schmerzensruf verhallte die letzte Strophe:

>>Mein Hoffen schwand und ersteht nicht!
Das mag meine Trauer wohl sein!<<

Die tiefen blauen Augen waren noch immer hinaufgerichtet zu dem Manne, als wollten sie sagen: >>Kannst du die Schriftzeichen lesen? Liebe? Entsagung?<<

Und er fand keine Worte, keine gesprochenen wenigstens.

>>Martha, liebe Martha, wie schön das war!<< brach jetzt Eva das kurze Schweigen. Sie wischte sich mit den Seidenhandschuhen, die sie noch in der Hand trug, die Tränen aus den Augen. >>Aber pfui, wie traurig! Bitte, nun Sie, Herr Serlo, aber Lustiges!<<

Der Bann war gebrochen durch den Kindermund, und –

>>Gut denn,<< sagte der Deutsche lächelnd, >>also anderes, Heiteres.<< Rasch griff er in die Tasten, als müsse es bald überstanden sein, und sang dann mit ansprechender und geschulter Baritonstimme:

>>Nicht mit Engeln im blauen Himmelszelt!<<

Froh klang das eigentlich nun auch nicht, aber es klang wahr:

>>Sie alle gleichen Zuleika nicht!<<

Wieder begegnete er dem verschleierten Blicke. Hatte sie in dem Jubelrufe den Schmerzensschrei durchklingen gehört?

»Das ist herrlich,« sagte Eva begeistert »das ist schön, Herr Serlo! Wissen Sie, daß ich das fast noch lieber höre wie Ihres Freundes Scherze? Ganz gewiß!« fügte sie ernsthaft hinzu, als er wie zweifelnd mit dem Finger drohte. »Und ich habe dabei immer an dich denken müssen, Martha! Weißt du, du kannst auch nicht mit den anderen verglichen werden.« »Kleine Schmeichlerin,« antwortete Martha, doch diese war rasch an die Tür getreten. Sie horchte. »Es ist Besuch da, ich höre Mr. van Storms Stimme! Da muß ich wissen, was er von den Deutschen erzählt, nachher teile ich es mit, – ›für Damen gelten keine Siegel der Verschwiegenheit‹, hat der Vermetel uns gelehrt.«

Bald hörte man ihr frohes Kinderlachen im Nebenzimmer.

Und die beiden! Eva hatte wohl momentan den Eindruck verwischen können, den Serlo empfunden, jetzt machte sich die mühsam verborgene Erregung wieder Raum.

»Fräulein van der Pütt, – Martha, – wie danke ich Ihnen!« sagte er mit vibrierender Stimme. »Sie selbst haben mir den Schlüssel gegeben zu der Geheimschrift, von der wir sprachen. Ergreifende Wahrheit war es, was Sie sangen. Sie ließen mich ein reiches Gemüt, eine klare Seele erkennen. Martha, was auch Ihr Herz beschwert, Böses, Unrechtes kann es nicht sein. Mein Lebensziel soll es werden, Ihnen das Sonnenlicht des Glückes zu bringen, den bösen Schatten zu vernichten, der uns trennt. Niemals will ich fragen, woher er kam, niemals –«

»Schonen Sie mich, ich flehe Sie an; es ist unmöglich, ich kann, ich darf Sie nicht länger hören, ich – ich bin eine Gestorbene für diese Welt – leben Sie wohl, werden Sie glücklich!«

Sie richtete den Kopf in die Höhe, fast stolz, und reichte ihm die Hand mit festem Drucke.

Einen Augenblick sah Serlo sie an; wie erschrocken über den plötzlichen Wechsel im Ausdrucke, dann sagte er: »Wollen Sie mir noch eine Frage beantworten, eine Frage, die Ihr volles Vertrauen zu einem Freunde herausfordert?«

»Fragen Sie! Wenn es möglich ist, sollen Sie mein Vertrauen aus der Antwort kennen lernen!«

»Martha, ist es Ihr Herz, aus dem Ihr Kummer stammt? Wollen Sie Ihr Schicksal allein tragen, weil –«

»Nein, Leutnant Serlo, mein Herz ist frei und muß frei bleiben, und wenn es darüber vergehen sollte.«

»Dann, Martha, soll kein Hindernis mehr mir unüberwindlich erscheinen, dann –«

Evas Rückkehr unterbrach seine Worte.

»Natürlich ungeheuer ernst«, sagte sie neckend, »na, dafür haben wir um so mehr gelacht! Denke dir, einer der Deutschen ist eifersüchtig auf Mr. van Storm gewesen; über mich, Eva van der Pütt! Storm hat mir's eben selbst gesagt. Ist das nicht furchtbar komisch? Er wollte nur nicht sagen, wer es war, der Deutsche, das wäre doch zu amüsant gewesen, aber alle sahen auf Schaum. Doch, darüber vergesse ich, daß die Mama mich schickt, euch zum Tee zu rufen. Erstens ist der Tee fertig, und dann sollen die Herren noch einen Vers in das Fremdenbuch schreiben, weil man nicht wissen könne, wie lange sie noch bleiben – ach, das wird recht einsam werden!« Sie begleitete ihre Worte mit einem recht vernehmlichen Seufzer und eilte dann voran, während Martha und Serlo folgten.

»Sei glücklich!« klang es noch einmal ganz leise in des Offiziers Ohr, als sie den Salon betraten. Man setzte sich zum Tee, und fast schien es, als wollte der Kamerad die Aufmerksamkeit von Serlos ernsten Mienen ablenken durch seinen sprudelnden Humor.

Nach dem Tee wurde das Fremdenbuch vorgelegt.

»Etwas Scherzhaftes, Leutnant Schaum,« mahnte Eva.

»Ich werde suchen, im Schatze meiner Schulkenntnisse ein geeignetes Zitat zu finden,« antwortete dieser und schrieb dann in großen, geraden Buchstaben:

»An die *Gelukkig*!

> Wer recht zart ist und verlegen,
> Wer hat Glück im Liebessport
> ›*De Vermetel*‹ dahingegen,
> Na, den jagt man auch nicht fort!«

»Ach, das ist doch zu *vermetel*!« rief die Kleine empört.

»Ist nicht von mir, gewiß nicht, soll von Schiller sein oder Shakespeare,« antwortete Schaum überzeugt.

Die Offiziere gingen, und »auf Wiedersehen morgen!« lautete der Abschiedsgruß. Traurig schüttelte Martha den Kopf, als Serlos fragender Blick ihr noch einmal begegnete.

Auf morgen! Welcher Seemann kann aber über dieses »Morgen« verfügen, und vor allem welcher junge Marineoffizier?

»Morgen Anker auf, eben Segelorder gekommen!« Das war der Ruf, mit welchem die beiden Freunde bei ihrer Rückkehr an Bord der »Sophie« empfangen wurden.

»Das wird dich wieder gesund machen,« wandte sich Schaum an den Freund, nachdem sie dessen Kabine betreten, und während dieser sich anschickte, von Mitternacht an die Wache zu übernehmen. »Wären wir hier noch länger geblieben, hättest du am Ende ernstlich Havarie gelitten! Alter Freund, wer wird sich die Bohrmuscheln an die Planken kommen lassen? Na, nun hast du ja Zeit, aufzudocken und deine Bekupferung wieder aufzubessern!« Er faßte sich zur Erklärung seines Gleichnisses mit der Hand auf das Herz.

»Und nun gute Wache!«

Es hatte acht Glas – Mitternacht – angeschlagen. Serlo stand an der Kommandobrücke. Rings war Ruhe. Nur der eintönige Schritt der Posten war hörbar und das leise Plätschern der im Nachtwinde leicht bewegten See. Deutlich war das Ufer zu erkennen, die Stadt mit ihren hellen durch die Nacht schimmernden Häusern, – ab und an ein Licht.

Lange stand der Offizier bewegungslos da, auf das Eisengeländer gelehnt. Er hatte den Blick auf das Ufer gerichtet. Sah er dort mehr, wie das menschliche Auge gewahren konnte, – durch das Halbdunkel der Tropennacht?

»Ja, Franz hat recht, der Seewind, die Stürme werden mich heilen,« sagte er. Aber aus seinen Worten klang nichts von der Zuversicht, die sie aussprachen. »Mein Herz muß frei bleiben, und wenn es darüber vergehen sollte!« wiederholte er dann Marthas letzte Worte.

Die ersten Strahlen der Morgensonne fielen über die zackigen Profile des Lumpabatang und beleuchteten die weißen Segel, die sich wie auf Zauberwort über die Masten und Rahen der deutschen Kriegsschiffe gebreitet hatten. Eine frische Brise aus Südost füllte die mächtigen Flächen, und langsam zuerst, dann immer rascher, teilte der scharfe Bug die glitzernde See. Die weißen, runden Wolken, abwechselnd von Steuerbord und Backbord über die Flut fortgleitend, verkündeten unter lautem Donner dem Bruderstamme auf Makassar den Scheidegruß. Und dort am befreundeten gastlichen Strand zögerte man nicht, diesen Gruß zu erwidern. Ein langer Zug von bepackten Maultieren, durch Soldaten geleitet, eilte eben die Hauptstraße hinab, marschierte am Strande auf, in wenigen Minuten war die Last vom Rücken der Tiere genommen und zu einer stattlichen Gebirgsbatterie zusammengesetzt. Schuß für Schuß verkündeten die Geschütze dann der deutschen Kriegsflagge die Achtung der niederländischen Nation.

Was von dieser Nation in Makassai lebte, war heute am Strande oder war hinausgefahren bis auf den Ankerplatz, den Scheidenden noch ein »Auf Wiedersehen!« zuzurufen.

Weitab von der Menge standen zwei Mädchen, Arm in Arm. Sie trugen das einfache, faltenlose, weiße Gewand der Europäerinnen in Makassar. Beide hatten den Blick auf die Schiffe gerichtet, welche langsam dem Horizonte zuzogen, nach Westen.

»Martha, hast du ihn denn lieb?« fragte plötzlich die Jüngere, als sie Tränen in deren Augen glänzen sah, »sag, warum –«

Sie schwieg plötzlich fast erschrocken vor dem schmerzvollen Ausdrucke, den ihre Worte in der Schwester Antlitz hervorriefen.

»Schwester, Martha, sag, liebst du ihn?« fragte sie dann in ihrer kindlich natürlichen Weise. »O, gewiß, er liebt dich auch, ich habe es wohl erkannt, und er wird wiederkommen, sei nicht traurig, Martha, er ist gewiß ein guter Mensch und wird dich glücklich machen!«

Sie hatte das immer rascher gesprochen und sah jetzt Martha innig fragend an.

Ein unbewußtes Empfinden lehrte sie wohl in diesem Augenblicke, jenes alles überwältigende Gefühl in der Schwester Brust zu durchschauen, dessen Wunder das eigene Kindesherz noch nicht berührt hatten. Wie früh versteht solch ein Mädchenherz!

Als dann die weichen Linien aus Marthas Antlitz verschwanden, als die Tränen plötzlich versiegt schienen und die Augen einen ernsten, entschlossenen Ausdruck annahmen, dann glaubte Eva dennoch die Schwester nicht verstanden zu haben.

»Du hast ihn nicht lieb?« fragte sie fast verwundert.

Martha schien zu sinnen, dann antwortete sie mit festem Tone:

»Ich darf und werde niemand lieben auf dieser Welt außer dir, meine Eva, nur dein Glück soll künftig und für immer das meine ausmachen.«

»Aber, Martha, wenn –«

»Frage mich nicht, Eva, du glaubst doch an meine Liebe zu dir?«

Eine stürmische Umarmung war die Antwort. – – –

Die Sonne war schon hoch über den Bergen emporgestiegen, in weiter Ferne verschwanden die deutschen Kreuzer. Fast menschenleer war schon der Strand.

»Komm, laß uns gehen, Eva,« mahnte jetzt Martha, »die Eltern werden uns längst erwarten.«

»Weißt du,« meinte Eva während des Rückweges, »eigentlich war doch Schaum ein zu netter Mensch, und ich bin ihm gar nicht böse über seine Neckereien, – schade, daß er fort ist.«

In den schattenreichen Gängen des Parkes der Villa Gropallo zu Nervi sah man an einem Maimorgen ein Paar auf und ab gehen. Der noch jugendliche Mann stützte sich auf den Arm seiner schlanken Begleiterin, und der Ausdruck seines schönen Gesichtes erklärte es, daß er offenbar dieser Stütze bedurfte.

Schweigend hatten sie eine Weile in langsamem, gleichmäßigem Tempo ihren Spaziergang fortgesetzt. Jetzt traten sie auf eine vorgebaute, halbrunde Terrasse, Vor ihren Blicken breitete sich die lachende, sonnighelle Landschaft aus, das lieblichste Stück der Riviera-Levante.

»Ist es nicht herrlich, Xaver,« rief die junge Dame, »kann es etwas Schöneres geben? Wohin man blickt, Wunder der Natur. Wie das blüht und grünt überall, jetzt, wo in unserer Heimat kaum der Schnee geschmolzen! Sieh, die herrlichen Berge über uns mit ihren Pinien, den dunklen Steineichen dazwischen, und wie gut das Matt der Oliven all die üppige Farbenpracht abtönt! Heute erkennt man auch deutlich die Forts auf den Höhen über dem stolzen Genua! Wie klar die Luft ist und wie still! Kein Hauch bewegt die Blätter der Palmen! Und dennoch – sieh, wie das Meer sich an dem Felsen da unten bricht, eine Welle nach der andern, als ob Sturm wäre! Dort, das Fischerboot, es scheint zwischen den Seen zu verschwinden – doch nein – jetzt schwebt es wieder hoch oben auf einer Woge! Und dazu Sonnenschein, Sonnenschein!«

Fast jauchzend rief sie die letzten Worte hinaus in die herrliche Landschaft.

Als sie, dann den Blick des jungen Mannes in die Ferne gerichtet sah, so trübe und ernst, schloß sie ihn in die Arme und küßte ihn auf die krankhaft weiße Stirn.

»Xaver, Brüderle, so freue dich doch mit mir, daß du das alles mit anschauen kannst nach so langem, langem Winter! Wer hätte vor vier Monaten geglaubt, daß du jemals wieder auf eigenen Füßen hier herum wandern würdest, damals, als das Boot der ›Luise‹ dich – da unten war's – an Land brachte, als die Matrosen dich hinauf trugen zur *Pension anglaise* in einem so häßlichen Tragkorbe, – als der Schiffsarzt mir sagte: ›Nur die größte Ruhe hier in dieser herrlichen Luft kann ihn retten – nur die Natur! Der Unfall war schwer, aber die Hoffnung ist nicht aufgegeben. Ach, Xaver, wie schön war's, die Hoffnung wachsen zu sehen, von Tag zu Tag. Denke dir, wenn ich auch dich verloren hätte, du lieber, lieber Bruder! Drei Tage war's nach dem Begräbnisse unserer treuen Mutter, als das Telegramm ankam aus Port Said! Ich weiß es auswendig: ›Leutnant Serlo schwerer Unfall – Quetschung der Brust – Arzt rät Ausschiffung Genua, Winteraufenthalt Nervi.‹ Die arme Mutter, sie konnte dem einzigen Sohne nicht mehr entgegeneilen –«

»Aber die treue Schwester kam, die liebe Samariterin,« unterbrach Serlo, »und wenn ich noch lebe, Elwine, dann verdanke ich das –«

»Still, still, nicht weiter!« fiel diese ein und legte ihm die schmale Hand auf den Mund, »aber freuen sollst du dich nun mit mir über – über den Sonnenschein!«

Sie rief das abermals laut hinaus und nahm den großen Gartenhut von den krausen Haaren und streckte die Arme hinaus, als wolle sie die ganze Natur hineinschließen im Danke für das Wunderwerk, das sie vollbracht an dem einzigen Bruder.

»Elwine, ist es denn der Sonnenschein, der dich so froh stimmt?« fragte Xaver, ihr zärtlich über das Haar streichend, »nur die Wärme, von dem Planeten dort oben ausgehend? Sollte nicht –«

»Schweig, du Böser! Doch nein, schweig nicht! Es tut mir ja so wohl, dich wieder lächeln zu sehen und scherzen zu hören, und, nicht wahr, nun du gesundest, nun wirfst du auch wieder sein wie einst! O, wie du so froh, so heiter warst, weißt du? Als du als Seekadett in Berlin warst, als –«

»Mein Schwesterlein,« antwortete Serlo, und seine Züge nahmen wieder den schmerzvollen Ausdruck an, den sie während der ganzen langen Krankheit getragen, »mein Schwesterlein, sieh hinab auf das Meer da unten. Längst ist der Sturm vorüber, der es aufwühlte, und dennoch rollen die Seen unaufhaltsam, keine Gewalt kann sie zur Ruhe bringen, keine, es sei denn die Zeit. Und je tiefer das Meer, je mächtiger der Sturm, um so länger währt die Dünung! Aber laß mir meine Wogen, und dir gebe Gott den Sonnenschein, Schwester,« unterbrach er seine Meervergleiche, »und dort, na, da kommt ja auch ein Stück ewigen Sonnenscheines unumstößlich guter Laune, unser treuer Freund, der seit sechs Wochen alle Wochen, alle Tage seine Koffer packt und dennoch – na, Schwester, warum denn plötzlich das Rot auf den Wangen? Guten Morgen, Sohrau!« rief er dann einem Herrn entgegen, der soeben von der *Pension anglaise* herabgestiegen kam; »nun, was sagen Sie, mich hier im Freien zu finden?«

»Gratuliere, gratuliere herzlich! Nun, das nenne ich einen Fortschritt! Sie sehen vortrefflich aus und, lassen Sie einmal sehen, wahrhaftig, die Frühlingssonne fängt an, auch das Seemannskolorit wieder in Ihr Gesicht zu malen! Freilich, in dem Klima und bei der Pflege!«

Er verbeugte sich artig gegen Fräulein Serlo und reichte ihr in natürlicher Ungezwungenheit die große, gut behandschuhte Hand.

»Das Klima scheint auch Ihnen besser zu behagen, wie die Luft auf Ihrem pommerschen Schlosse,« meinte Serlo.

»Nun, des Klimas wegen, wissen Sie, könnte ich auch im Winter auf meiner ›Burg‹ sitzen, aber es läßt mich nicht dort, seit ich allein bin, seit meine Frau starb; solche Einsamkeit ist schrecklich und –«

»Und da widmen Sie sich seit zwei Monaten der Krankenpflege,« sagte Serlo und reichte ihm lächelnd die Hand; »aber ich danke Ihnen, das wissen Sie, Sie sind mir und meiner Schwester ein treuer Berater und Freund gewesen!«

»Bitte, bitte! Ich freue mich, wenn ich mitunter mit meiner fünfundvierzigjährigen Erfahrung so jungen Leuten zu Hilfe kommen durfte.«

Er verbeugte sich wiederum gegen Elwine.

»Nun, was die Jugend anlangt,« erwiderte diese, »so nehmen wir uns nicht viel, Herr von Sohrau; ich als Dame stehe Ihnen mit achtundzwanzig Jahren doch wohl gleich – aber nicht etwa beanspruche ich denselben Platz in bezug auf Erfahrung und Praxis, und auch ich möchte mich dem Danke meines Bruders anschließen, – Sie haben wirklich für uns gesorgt wie – wie –«

»Wie ein Vater, sagen Sie es nur! Na, da sehen Sie gleich selbst, wie Ihre Alterstheorie doch in der Tat nicht einschlägt.«

»Nein, nein, das wollte ich nicht sagen –«

»Ihr Erröten gibt zu, daß ich recht riet,« sagte der Baron lachend. »Aber der Wahrheit die Ehre. Sie überschätzen mich, und ich muß daher erklären, daß es für mich keine größere Freude gibt, als für irgend jemand sorgen zu dürfen, ja, wirklich, das heißt, wenn ich ihn gern habe. Ach, es ist mir mitunter furchtbar in Kartzow, wenn ich bedenke, daß ich da mitten in meinem großen Besitze lebe und pflanze und ernte nur – nur für mich. Allein kann man doch eigentlich daran gar keine Freude haben.«

»Nun, gegen das Alleinsein, da gibt es doch Mittel,« meinte Serlo.

»O, gewiß,« erwiderte der Baron, »aber die Wahl der Mittel wird schwieriger mit den Jahren. Man wählt schon vorsorglich das Beste, aber ob das Beste uns wählt, na, und ehe man, wissen Sie –«

»Freilich, wenn man das ›Beste‹ fand, dann muß man das ›Beste‹ fragen, und dann – dann –« Serlos Mienen verloren plötzlich wieder alle die Freudigkeit, die sie soeben noch zeigten.

»Nun, Ihnen, mein junger Freund, kann gar kein solches ›Dann‹ von so düsterem Ausdrucke begleitet, begegnen!«

Serlo antwortete nicht. Ein leiser Seufzer rang sich von seinen Lippen.

Sie hatten die Pension erreicht, und vom ersten längeren Spaziergange war nun doch der Rekonvaleszente ermüdet.

»Ich bitte, mir eine halbe Stunde Ruhe zu gönnen,« hatte Serlo gesagt. Baron Sohrau hatte ihn die Treppe hinauf geführt und kehrte nun auf die geräumige Veranda zurück. Er stand jetzt, auf eine Stuhllehne gestützt, Elwine gegenüber und schien nur mit Aufmerksamkeit der Handarbeit zuzuschauen, ohne welche die Dame selten gefunden wurde. Sohrau war ein stattlicher, eleganter Mann von fast jugendlich schlanker Figur. Freilich, durch den blonden Vollbart zogen sich hier und da schon die weißen Fäden. – Wenn Elwine nicht gar so eifrig mit ihren Nadeln beschäftigt gewesen wäre, würde sie bemerkt haben, daß ihr Visavis dennoch seine großen, treuen, grauen Augen nicht auf ihre Hände gerichtet hatte, sondern offenbar wartete, bis sie den Blick zu ihm erheben würde. Das geschah denn auch endlich, und dann war's wieder nicht ein Augenblick, sondern ein volles, vertrauensvolles Ansehen – eine stumme Frage.

»Fräulein Serlo,« brach der Baron endlich das Schweigen, »glauben Sie, daß Ihr Bruder recht hat, daß man das Beste zu erwerben suchen soll, wenn man gewiß ist, es gefunden zu haben?«

»Ich hab's, ich hab's gefunden ohne das ›Dann‹!« Mit den Worten trat eine halbe Stunde später der Baron in Serlos Zimmer. Freudig schloß ihn dieser in die Arme.

»Und Sie fragen nicht, was ich fand?«

»Gewiß das Beste! Die treueste, beste Schwester kann auch nur die beste Frau werden, und Sie, lieber Sohrau, werden sie glücklich machen, wie sie es verdient.«

»Aber, Serlo, Sie ahnten, daß – sind gar nicht erstaunt?«

»Daß Sie heute einmal nicht die Koffer packen? Nein, das sah ich kommen und sah's mit Freuden kommen.«

»Erstaunlich,« meinte Sohrau nachdenkend, »ich selbst bin doch erst heute zum Entschlusse gekommen, habe doch noch vor ein Paar Stunden nicht gewußt, was ich mir fast hätte entgehen lassen, wenn ich vorgestern abgereist wäre, und Sie –«

»So 'was kommt vor,« antwortete Xaver, »aber nun lassen Sie uns hinabgehen zur Veranda, ich will doch auch einmal eine glückliche Braut sehen.«

»Xaver, Bruder, nicht wahr, es ist unrecht von mir, dich allein zu lassen?«

Nichts von dem Gefühle der Selbstvorwürfe, die in dieser Frage lagen, machte sich aber in dem Jubeltone erkennbar, mit welchem Elwine sie ausrief, als sie den Bruder jetzt an sich schloß, »und dann,« fuhr sie fort, »das habe ich sogleich mit Kurt ausgemacht, so lange bleibe ich bei dir, bis du völlig hergestellt bist, nicht wahr, Kurt, so lange bleiben wir?«

Dem einen Sonnentage folgten noch viele, und Serlos Natur überwand nach und nach die schwere Verletzung der Lunge, die er durch eine Quetschung während eines Sturmes im Roten Meere sich zugezogen. Die Spaziergänge und Ausfahrten konnten in immer größeren Umkreisen unternommen werden, und Sohraus kräftiger Arm diente dem Rekonvaleszenten als sichere Stütze. Es hatte sich eine innige Freundschaft zwischen den künftigen Schwägern herangebildet, und Elwinens Glück wurde gerade durch diese Beziehung erhöht. Des Barons Lebensalter und Temperament, Elwinens natürlicher Takt schlossen jenen Drang nach Einsamkeit aus, der jugendliche Brautpaare auszuzeichnen pflegt, und selten sah man den Dreibund gesprengt. »Wir dürfen deinen Bruder nicht allein lassen, es liegt ein Druck auf ihm, der unabhängig von seinem Körperleiden ist,« hatte einst der Baron seiner Braut zugeflüstert, als Xaver von einem Spaziergange zurückbleiben wollte. Auch der

Schwester war es nicht entgangen, daß des Bruders Seelenstimmung sich verdunkelte mit dem Zunehmen seiner Kräfte. Beide glaubten den Grund dafür in der bevorstehenden Trennung der Geschwister erblicken zu müssen und litten mit unter Serlos Stimmung.

An einem der ersten Maitage waren die drei mit dem Frühzuge nach La Spezia gefahren, hatten dort ein Boot genommen und waren hinübergesegelt nach Portovenere, jenem Vorgebirge, auf dessen äußerster Spitze das alte Städtchen gleichen Namens terrassenartig aus dem Meere zu den grünen Höhen aufsteigt, rings umschlossen von mächtigen zinnengekrönten Mauern aus den Sarazenenzeiten, und fern im blauen Hintergrunde, überragt von den grotesken Zackenprofilen der appuanischen Alpen, der Marmorberge von Carrara. Schon einmal war der Ausflug nach dieser äußersten Schutzwehr des größten italienischen Kriegshafens unternommen und heute auf Serlos besonderen Wunsch gern wiederholt. Denn mit Freuden hatten Elwine und der Baron empfunden, wie sich beim Anblicke des im Hafen ankernden mächtigen Panzergeschwaders die Seemannspassion in des Genesenden Brust wieder zu regen begann, und beide hofften von dieser Regung auch eine Rückkehr zur Lebensfrische und Heiterkeit, die sie unter dem Drucke der Körperkrankheit und der voraussichtlichen Berufsentsagung verloren wähnten.

Dort, wo auf weit vorgestreckter Land- oder richtiger Felszunge einst der heidnische Tempel gestanden, der dem Orte den Namen gab, wo später die schon wieder in Trümmer zerfallende Christenkirche St. Pietro aus köstlichen schwarzen und weißen Marmorquadern erbaut wurde, auf den Mauerresten eines alten krenelierten Rundturmes hatten sich die drei »Geschwister« – so nannten sie sich selbst – niedergelassen. Jenes tiefe Blau, wie es nur das Mittelmeer aufweist, lag heute auf den fast glatten Fluten. Die Luft war hoch, man sah deutlich die schroffen Felsen von Korsika aus dem Horizonte hervortreten, und im Nordwesten stiegen die herrlichen Gestade der Riviera Levante aus blauem Meere empor, sich aneinander reihend in immer anderen und immer malerischen Bildern. Zur Rechten aber der Golf – bergumschlossen.

»Ist das nicht wunderbar? Wie Edelsteine in köstlichem Geschmeide erscheinen die sonnenbeleuchteten hellen Dörfer und Wohnstätten zwischen den grünen Bergen! Ein ungeheurer Saphir, von Smaragden und Diamanten gefaßt! Hatte ich nicht recht, wenn ich noch einmal diesen Rundblick voll in meine Erinnerung aufnehmen wollte? Ist das nicht unvergleichlich schön?« Sie hatten sich erhoben um den vollen Rundblick zu genießen. »Kinder, ihr Lieben, bleibt hier an der sonnenhellen Riviera, solange es euch gefällt, laßt mich allein ziehen nach dem flachen Nordseeufer, wenn denn nun einmal die Nachkur in Scheveningen für unentbehrlich gehalten wird, ich werde mir schon allein durchhelfen – ach, Elwine, Kurt, wie namenlos glücklich seid ihr, solche Herrlichkeit, solche Wunder der Natur zusammen betrachten zu dürfen, zu zweien, wie ihr dasteht!«

Serlo hatte die letzten Worte mit erhöhter Empfindung gesprochen. Und nun lag sein Blick auf den »zweien, wie sie dastanden«, Arm in Arm, Schulter an Schulter gelehnt, eines des andern Stütze und doch jedes in sich so sicher, so zielbewußt, so ernstfroh. Warum jauchzte es nicht auf in seiner Brust, als er die Schwester so vor sich sah? Warum schimmerte es traurig durch seine Blicke bei all dem Glücke, der Helle ringsum? So mochte sich Elwine gefragt haben, als sie jetzt vom Verlobten ließ und sich an seinen Hals hing und ausrief:

»Nein, du Lieber, ich bleibe bei dir, bis du ganz wieder der alte Xaver bist, gehe mit dir nach Scheveningen! So will's auch Kurt, nicht wahr, Kurt?«

»Gewiß, und ich werde euch sogar für einige Zeit allein lassen, um drüben in Kartzow alles würdig herzurichten zum Empfange der Herrin. Und wenn Xaver hergestellt ist, wenn er deiner nicht mehr bedarf, dann ziehen wir ein, wir haben ja niemand zu fragen. Und unser Haus bleibt auch dir Heimat, mein lieber Freund, das versteht sich, so lange, bis auch du die Wunder der Natur zu zweien betrachtest, wie wir eben –«

»Xaver, Bruder, warum zu lange warten? Es steht dir nichts im Wege, du bist vermögend, bist bald wieder ganz gesund und – bei deinem reichen Gemüte, wie glücklich könntest du eine Frau machen! Aber sag, was ist, Xaver, ich sehe Tränen in deinen Augen!«

»Laß gut sein, Schwester, für mich gibt es solch ein Glück nicht!«

»Das klingt so - so schmerzvoll, wie du das sagst! Was ist geschehen? Habe Vertrauen zu uns! Dein Herz ist nicht mehr frei? Du liebst?«

»Zürne mir nicht, Schwester, die Antwort wäre zu lang und zu traurig, und - mit der Zeit wird's da drinnen in der Brust ja auch wohl wieder ruhig werden, wenn ich erst wieder im Berufe bin.«

»Lieber Bruder, jetzt erst begreife ich, wenn du mitunter - ach, hätte ich das gewußt, da hätte vielleicht mein Rat dir helfen können! O, sag, ist's denn nicht» noch möglich? Oder - ist - ist sie gestorben?«

»Gestorben!« wiederholte Serlo, und seine Blicke waren in das Unbestimmte gerichtet, als spräche er geistesabwesend. »Gestorben! So schrieb auch sie - gestorben für mich! Und daß auch mein Glück gestorben, das haben mich die zwei langen Jahre gelehrt! Aber lassen wir das! Fast war's ja schon mit mir am Ende gewesen, damals, als sie mich aufhoben und mir das Blut aus Mund und Nase floß - vielleicht wär's besser gewesen -«

»Xaver, sei nicht gottlos! Vergissest du, daß du noch eine Schwester hast, die dich sehr, sehr lieb hat? Laß mich teilnehmen an deinem Schmerze, mich und Kurt, glaube mir, das wird die eigene Brust erleichtern. Sieh, wir beide werden dich verstehen. Was immer auch dich kümmern mag, teile es mit uns!«

Serlo schien in Nachdenken versunken. Mechanisch scharrte er mit dem Stocke in den Fugen des alten Gemäuers.

»Nein, es geht nicht,« brach er dann das Schweigen, »Worte würden doch nicht erklären können, wie hoch der Preis war, um den ich rang und den ich - verloren. Und daß ich ihn verlor - auf immer, das magst du selbst erkennen.« Er hatte aus seinem Portefeuille einen Brief hervor genommen, dessen gebrochene Knicke erkennen ließen, daß er oft entfaltet wurde. »Lies, das ist das letzte, was mich mit ihr in Berührung brachte; nennt mich töricht, wenn ich nach dem allen meine Seele noch abmartere, aber die tiefen Wurzeln wachsen immer wieder aus, so oft ich auch glaubte, sie seien verdorrt. Lies laut, damit auch Kurt höre.«

Mit flüchtigem Blicke übersah Elwine die festen, charaktervollen Schriftzüge auf dem zerknitterten Papier und begann dann zu lesen:

»Ich habe Ihren Brief aus Schanghai erhalten. Was Sie mir schreiben, es ist mir ein neuer Beweis für Ihre edle Gesinnung. Sie wissen, daß mein Herz Ihnen mit voller Wärme entgegenschlägt. Meine Liebe würde aber zum Unrecht, zum Verbrechen an Ihnen selbst werden, wenn ich nicht heute wiederholte, was ich Ihnen damals gesagt habe – es liegen unübersteigbare Hindernisse zwischen uns. Ich würde an der Seite eines deutschen Offiziers nicht einen Augenblick vergessen können, daß meine Vergangenheit einen Flecken auf den Ehrenschild seiner Stellung werfen würde, könnte mir dessen Achtung nur durch Verschweigen, durch eine Lüge erkaufen. Und dennoch fühle ich mein Gewissen vor mir selbst frei und rein, solange ich allein stehe. Vergessen Sie mich, – ich kann, ich darf niemals die Ihre werden, niemals aber wird auch meine Hand einem andern gehören. Neue harte Schicksalsschläge veranlassen mich, in wenigen Wochen Makassar zu verlassen, einen andern Weltteil aufzusuchen. Bewahren Sie ein stilles Erinnern einer

Gestorbenen.«

»Eigentümlich!« sagte Elwine nach kurzem Schweigen; »man kann sich so gar nicht recht vorstellen, was den Anlaß zu Ihrer Selbstanklage gab. Immerhin liegt in dem Briefe eine gewisse Charakterfestigkeit, eine Entschlossenheit ausgesprochen, die mir wohlgefällt!«

»Laß mich das einmal sehen, Elwine!« Mit den Worten ergriff Sohrau das Schriftstück und betrachtete es aufmerksam. Dann legte sich plötzlich eine dunkle Röte auf seine Züge, er sah forschend auf Xaver und dann wieder auf den Brief und fragte:

»Von wo kam der Brief?«

»Aus Makassar nach Tokio, genau vor zwei Jahren.«

»Und wie hieß die Schreiberin«?«

»Martha van der Pütt.«

»Also Irrtum,« murmelte Kurt leise, »war ja auch nicht möglich, nach den Zeitungsberichten von damals. Na, nichts für ungut, aber wer weiß, ob das Mädchen ...« fügte er laut hinzu, verstummte aber sofort, als er in des Schwagers Blicken schon den Vorwurf für ein Mißtrauen las, das er noch gar nicht einmal ausgesprochen hatte.

Während der Rückfahrt über den Golf lief das Boot dicht an den Panzern vorüber.

»Wenn du auch einmal Kommandant eines solchen Kolosses sein wirst, Xaver,« meinte Kurt, »na das muß doch ein stolzes Gefühl sein!«

»Dann lade ich dich ein zu einer Seefahrt!«

»Danke, müßte aber ablehnen.«

»Warum denn, Kurt?« fragte Elwine.

»Ich habe so eine Art von Kismetglauben, daß ich nicht lebendig von einem Schiffe kommen würde, Notabene, wenn es nicht im Hafen bliebe. Bin nämlich schon einmal elend verbrannt, fern da irgendwo auf dem Ozean, in allen Zeitungen hat's gestanden:

›Unter den Verunglückten befand sich auch der Rittergutsbesitzer Baron Kurt von Sohrau-Kartzow, der im Begriffe stand, sich mit einer reichen Verwandten in Cincinnati zu verloben!‹

Wahrhaftig, so war's zu lesen. Bin aber zufrieden, daß ich weder verbrannte noch die Cousine kennen lernte; soll doch nicht für einen biederen Pommern gepaßt haben, wie ich später hörte!«

»Und was wäre dann auch aus mir geworden?« scherzte Elwine.

»Vielleicht eine alte, doch gewiß sehr liebe Jungfer,« antwortete der Bruder; »aber sag, Kurt, wie war das mit dem Verbrennen?«

»Ein andermal, wir landen eben, und es ist eine lange Geschichte.«

Erquickende Kühlung trug die leichte Seebrise über den Strand von Scheveningen. Die Uferwege und Promenaden waren belebt von Spaziergängern, denn es war der erste helle Tag nach mehrtägigem Regen. Vor dem großen Kurhause wanderte schon seit geraumer Zeit ein Paar auf und ab, unbekümmert um das Getriebe ringsum. Die schlanke, große Dame in auffallend einfacher Toilette stützte den Arm des leidend aussehenden Kavaliers, dessen blasse Züge nicht selten die Teilnahme der Vorübergehenden herausforderten. Doch das bemerkten weder der Herr noch die Dame, so eifrig waren sie in ein Gespräch vertieft.

»Ich bitte dich, Schwester, kein neues Hinausschieben! Fast zwei Monate hast du mir nun hier geopfert und fordere nicht nochmals Kurts Geduld heraus.«

»Du weißt doch, Xaver, wie lieb dich Kurt hat, und wie gern er dir ein Opfer bringt! Und dann versprach ich dir doch, bis zu völliger Genesung –«

»Schwesterle, darauf kannst du schwerlich warten, du weißt ja, die Lunge vernarbt, wenn's auch langsam geht, aber das Herz blutet weiter.«

»Ich möchte dir fast böse sein, Xaver! Kannst du denn das noch immer nicht überwinden? Sei doch einmal stark, suche zu vergessen! Sie selbst wollte ja für dich gestorben sein.

O Bruder, wenn du doch Kurts Rat befolgen wolltest und das herrliche Nachbargut kaufen, das Ribbekart, mit dem reizenden Schlosse und dem See, auf dem du dir eine Hausmarine halten könntest. Da würdest du vergessen und vielleicht – denke dir nur, du unser Nachbar und – deine Frau meine Freundin! O, wehre nicht ab, eine Frau für solch einen lieben Bruder würde sich schon finden und, ich bitte dich, gib den Gedanken auf, wieder einzutreten, du wirst dich –«

»Sprich's nur aus, zu Tode arbeiten,« vollendete er, »aber was macht's. Ich kann den Ereignissen ruhig entgegensehen, nun ich dich, Schwester, so treu, so sicher geborgen weiß.«

»Ja, der gute Kurt! Weißt du, daß er das Schloß voll von Handwerkern, Tapezierern, Malern und Gott weiß was gehabt hat und daß er alles hat neu herrichten lassen für meinen Empfang, obwohl das Schloß vollkommen eingerichtet war?«

»Laß ihm die Freude! Ach, Schwester, wenn man auch solch ein Schloß herrichten könnte zum Empfange –«

Er brach plötzlich ab. Elwine fühlte seine Hand auf ihrem Arme zittern, alles Blut verschwand aus seinen Wangen, und dann wieder trat tiefe Röte auf seine Züge. Er war stehen geblieben und hatte den Blick auf eine Gruppe von drei Damen gerichtet, welche eben vom Strande hinaufstiegen. Alle drei waren in Trauer gekleidet.

»Mein Gott, ist's denn möglich? Schwester, sieh dort die Damen! Es ist Frau van der Pütt, es ist Martha!« Und schon hatte er sich von der Schwester Arm losgemacht und eilte den Herankommenden entgegen. »Mefvrouw! Sie hier? Eva! Martha!«

Das war ein Wiedersehen in unverstellter Freude, an der auch Elwine dann teilnahm. Mit voller Unbefangenheit hatte auch Martha dem Freunde die Hand gereicht, und bald saßen alle fünf in lebhaftem Gespräche unter der Veranda des Kurhauses. Die Erklärung war einfach. Seit zwei Jahren wohnte Frau van der Pütt wieder im Haag, seit Mynheer van der Pütt von einem Schlaganfalle gelähmt wurde, dessen Folgen er vor kaum Jahresfrist erlag. Martha wurde, nach wie vor, als Tochter angesehen.

Allgemeines Interesse und Bedauern erregte Xavers Unfall, und als dessen Schwester davon Mitteilung machte, hatte Martha mit dem Ausdrucke tiefsten Mitgefühls den kranken Freund beobachtet. Jetzt stand sie auf, ging auf ihn zu und reichte ihm die Hand. »Gottlob! Xaver, daß Sie gerettet sind,« sagte sie leise, und er fühlte, wie innig die Worte gemeint waren.

Selbstverständlich blieb das Geschwisterpaar in Gesellschaft der Holländer.

Für den Spätnachmittag hatte Mefvrouw van der Pütt zum Tee in ihre elegante Villa eingeladen, und erst dort fand Xaver Gelegenheit, das ältere Fräulein van der Pütt allein zu sehen.

»Martha,« begann er fast schüchtern, »ist nichts anders geworden in zwei Jahren? Würden Sie mir heute dieselbe Antwort geben, die Ihr Brief mir aussprach? Freilich, der kranke Mann darf kaum auf eine günstigere Entscheidung hoffen, wie sie der lebensfrische Jüngling erhielt!«

»Xaver, das sind nicht Sie, der so sprechen kann! Warum wollen Sie mir weh tun? Wie ich Ihnen schrieb, so ist's auch heute noch, Gott weiß, daß es noch so ist.«

Sie hatte ihm die Hand gereicht, und was der Mund nicht aussprach, das sagte ihm der tiefe Ausdruck ihrer Augen. Er hatte eine

Hoffnung aufflackern sehen seit dem Begegnen am Nachmittage, nun wußte er, daß sie erloschen war. Martha mochte die Gedanken erraten, die sein Herz durchwühlten, als sie sagte:

»Xaver, o könnte, dürfte ich meinem Herzen folgen, jetzt, gerade jetzt, wo ich dich krank, leidend sehe! O, mein Gott, ich kann ja nicht!«

Eben trat Elwine herzu. Sie nahm Marthas Arm und führte sie in den Nebensalon.

»Fräulein van der Pütt,« sagte sie mit Innigkeit, »darf Xavers Schwester ganz offen zu Ihnen sprechen? Ich weiß, wie Sie über die Hoffnungen meines Bruders entschieden, ich las Ihren Brief. Ich weiß aber auch, daß Xaver mit seinem tiefen Gemüte, seinem treuen Charakter in seinem Herzen nicht von Ihnen lassen wird. Sie lieben Xaver, und er verdient Ihre Liebe! Muß es sein? Müssen Sie ein Glück versagen, das Sie geben und auch wieder finden würden?«

Sie hatte das so herzvoll, so ergreifend gesagt, daß Martha sie bewundernd ansah. Dann traten plötzlich Tränen in ihre Augen, »O mein Gott, würde ich denn das höchste Glück von mir weisen, wenn es nicht sein müßte? Mein Gewissen ist rein, und dennoch kann mich ein Wort zur Verbrecherin stempeln, wer fragt nach den Motiven? Schonen Sie mich, ich kann, ich darf nicht sagen, was meine Seele quält in langen Nächten, was mich erniedrigen würde vor der Welt, und was dennoch Liebe war, lauter Liebe zu – zu dem edelsten, besten und unglücklichsten Manne der Welt, zu dem Vater, der mich frühzeitig zu selbständigem Handeln und Denken erzog, und dem ich es danke, daß ich die Kraft und den Mut fand, zu handeln, wie ich es für Recht hielt. Wir Frauen sind nun einmal besonders dazu berufen, die Folgen unserer Handlungen bis an unser Lebensende selbst zu verantworten – mehr wie die Männer. Man mißt uns nicht mit gleichem Maßstäbe wie diese, und man hat recht, denn was die Natur uns an äußerer Kraft versagte, das ersetzte sie uns an größerer Feinfühligkeit der Seele – und auch des Verstandes – an der Fähigkeit, das Rechte rasch zu fassen. Unsere Energie muß in moralischem Gebiete wurzeln und uns vor allem die Gewalt über uns selbst geben, wenn wir hoffen wollen, unsere Frauenstellung unserer selbst und unserer Geistesbegabung würdig zu gestalten. Daß solche Verantwortung uns fast erdrücken kann, das weiß Gott, das habe ich erfahren! Aber dennoch, was ich tat, ich würde es auch heute tun, nun ich die Folgen kenne, wo ich weiß, es zerstört mein Glück, mein Hoffen, meine Liebe.«

»Armes, liebes Kind! Wie leid Sie mir tun, wie lieb ich Sie habe!« Sie drückte die Lippen auf des Mädchens blasse Stirn.

»Xaver, ich verstehe dich jetzt, seit ich das Mädchen kenne,« sagte Elwine, als sie abends mit dem Bruder allein war; »es ist doch etwas Großes um einen solchen Entsagungsmut.«

»Einen Mut, Schwester, der mich um mein Lebensglück bringt,« entgegnete Serlo dumpf.

Der folgende Tag führte die fünf schon früh wieder zusammen. Wenn die Stimmung einmal gar zu ernst wurde, dann war gewiß Eva mit irgend einem Scherze da, um einen Umschwung zu schaffen. Obwohl zur vollen, stattlichen Jungfrau herangewachsen, hatte sie doch ihr kindlich frisches Wesen bewahrt, und aus ihren hellen, blauen Augen strahlte es noch ebenso »gelukkig« wie damals, als sie Leutnant Schaums Aufschneidereien lauschte. »Was macht der ›Vermetel‹?« war natürlich eine ihrer ersten Fragen gewesen.

Beim Nachmittagsspaziergange bat Martha selbst, Elwine vertreten und Serlo ihren Arm als Stütze bieten zu dürfen. Mit keinem Worte berührte dieser eine Frage, von der er wußte, sie würde nur verwunden und dennoch zwecklos sein, und Martha dankte ihm innerlich für sein Zartgefühl.

»Was wird Ihnen die Zukunft bringen?« hatte Serlo gefragt, und Martha hatte geantwortet: »Ich werde Eva eine Schwester bleiben, bis sie sich den eigenen Herd gründet, dann aber meinen eigenen Weg vielleicht in fernen Weltteilen gehen. Ich werde meinen Beruf in einer gemeinnützigen Tätigkeit suchen und hoffe dadurch eine Befriedigung, meinen inneren Frieden zu finden!«

»Martha, wenn –«

»Aber vorläufig hat das noch Zeit,« unterbrach sie, »denn Eva gehört nicht zu den Mädchen, die sich rasch entscheiden werden, wo es sich um die Ehe, den bedeutungsvollsten Schritt im Frauenleben, handelt, um einen Schritt, den so viele tun, ohne vorher die Augen zu öffnen, und der sie dann in einen Abgrund des Elends oder in ein Gewebe von Lüge und Trug führt, das die Gesetze der Gesellschaft unzerreißbar um die legt, die sich leichtsinnig in dies Gewebe hinein begaben.«

»Mein Gott, Martha, welche trübe Anschauungen! Ist es nicht der Gipfel alles Glückes, eben das Glück nicht mehr suchen zu brauchen, es bei sich zu haben, daheim, überall, wo man will?«

»Glauben Sie, daß unsere Erziehung – ich meine die der europäischen jungen Damen – uns Urteilskraft genug gibt, um unser Glück zu erkennen? Welche junge Deutsche tat überhaupt einen Blick in das Leben, bis sie unrettbar da festgekettet ist, wohin der Zufall sie brachte? Denn eine eigene Wahl ist doch fast immer ausgeschlossen, eine eigene Urteilskraft selten entwickelt. Was dann folgt, ist Gewohnheit oder Lüge! Gleich verwerflich.«

»Martha, wer lehrte Sie so Schreckliches?«

»Mein Vater! Er war eben ein zu treuer Vater, um mir nicht rechtzeitig die Augen zu öffnen, und gerade ich –«

»Bitte, weiter!«

Sie legte die Hand auf seinen Arm und sah ihn innig an: »Ich durfte daher mit offenen Augen erkennen, wo mein Glück zu finden sei, und durfte es nicht ergreifen! – Xaver, Sie sind angegriffen, wir gingen zu lange,« brach sie plötzlich ab, »wir werden zurückkehren zur Veranda.«

»Gut, daß ihr kommt!« rief ihnen Elwine entgegen. »Eben schreibt mir Sohrau, daß er schon morgen eintreffen wird. Die Arbeiten in Kartzow haben sich schneller erledigt, wie erwartet wurde, und – ach, ich freue mich so sehr, daß er nun auch Sie, alle drei, kennen lernt, besonders Sie, liebe Martha,« flüsterte sie dieser zu, »denn auch er las Ihren Brief, damals auf Portovenere.«

Eine tiefe Blässe trat auf der Angeredeten Gesicht, und fast erschrocken fragte sie: »Wie nannten Sie den Herrn, den Sie erwarten?«.

»Baron Kurt von Sohrau,« antwortete Elwine lächelnd, »mein Bräutigam! Ach, ich habe bislang wohl nur von Kurt gesprochen? Hier stelle ich ihn in aller Form vor, er ist wirklich nicht zum Erschrecken, nicht wahr, Xaver?«

»Der beste, vornehmste Mensch der Welt,« antwortete er seiner Schwester, unter tiefer Verbeugung eine Kußhand zuwerfend, während diese ein elegantes Maroquinetui aus der Kleidertasche nahm, es öffnete und Martha überreichte.

Der Eindruck des Bildes mußte kein glücklicher sein, denn die Farben kehrten nicht zurück, so lange Martha auch die kräftig männlichen, freundlichen Züge durchforschte. Sie reichte das Etui weiter, blieb aber nachdenklich und ernst, was um so auffälliger, als man gewohnt war, sie stets als Herrin ihrer Stimmungen zu kennen, sogar wenn ganz plötzliche Veranlassungen den Umschwung hervorriefen.

Nachmittags ließ sie sich wegen heftiger Kopfschmerzen entschuldigen. Während Elwine in freudigem Eifer die Vorbereitungen für des Bräutigams Empfang anordnete, saß Serlo in Nachdenken versunken in seinem Liegestuhle. Eine unbestimmte Ahnung beschäftigte seine Gedanken: Sollte es nicht Kurt, dem praktischen, feinfühligen, weltklugen Kurt gelingen, Martha in ihrem Entschlusse wankend zu machen? Nie, nie wollte er ja forschen nach den Gründen, die sie bestimmten, niemals Erklärungen verlangen oder erbitten! Er war ja der Reinheit ihrer Seele so sicher! Mußte nicht sein unerschütterliches Vertrauen endlich auch auf Martha zurückwirken?

Es gibt kein Gefühl, so zähe im Festhalten an der Hoffnung, so erfinderisch im Erdenken neuer Mittel zur Beseitigung von Hindernissen und so bereit, aus den geringfügigsten Zufällen neue Erwartungen zusammenzubauen, wie eine Liebe, deren Erfüllung nicht ganz hoffnungslos ist, die ihre Nichterfolge nur in äußern Schwierigkeiten zu erblicken glaubt.

Mit krankhafter Phantasie baute denn auch Xaver einen Stein auf den andern, und als abends Martha – auf eine Stunde nur – wieder in der Gesellschaft erschien, da ruhte sein Auge mit ganz anderem Glanze auf ihrem noch immer blassen Gesichte, wie vor wenigen Stunden. Fast freudig klang sein »Bis morgen abend«, als die Damen den Wagen bestiegen, um nach dem Haag zu fahren. Nur für einen Tag, bis »morgen abend«.

»Elwine, wenn ich abginge, nun doch nach Ribbekart zöge?« flüsterte er der erstaunten Schwester zu, als zur Ruhe gegangen wurde,

»vielleicht ändert sich ihr Entschluß, wenn ich nicht mehr Offizier bin!«

»Ist das nicht die Equipage der Frau van der Pütt, die dort die Allee herabkommt? Ich kenne die Füchse mit den weißen Strümpfen!«

Xaver zeigte auf einen Wagen, der eben die breite Allee vom Haag nach Scheveningen hinabgefahren kam. »Siehst du, Schwester, ich hatte gewiß wieder so eine Ahnung, als ich zu der weiten Promenade drängte, richtig, es sind die Füchse! Aber so früh!« Er sah auf die schwere goldene Remontoiruhr, von einer ebensolchen Kette in Form einer Ankerkette gehalten. »Erst halb zehn! Was mag das bedeuten, Schwester?«

Noch ehe diese ihren Vermutungen Worte geben konnte, kam die elegante Viktoria heran. Nur Frau van der Pütt saß im Fond. Als sie die Bekannten gewahrte, ließ sie parieren, und während noch die mächtige Staubwolke, die bislang dem Wagen folgte, sich über die Pferde weiterwälzte, war sie schon ausgestiegen und ging raschen Schrittes in unverkennbarer Erregung auf die Geschwister zu. Beiden war die vollkommene Veränderung in dem so freundlich wohlwollenden Gesichte der Holländerin nicht entgangen.

»Mein Gott, was gibt es, Mefvrouw van der Pütt?« rief Elwine, ihr die Hand bietend, fast ängstlich.

»Ein guter Stern läßt mich Sie schon hier finden,« antwortete die Dame, mit vor Erregung zitternder Stimme. »Ich war auf dem Wege zu Ihnen. Denken Sie, ich bin ratlos, Sie müssen mir helfen, Herr Serlo, denken Sie, die Martha ist fort – unsere Martha, die ich lieb habe wie mein eigenes Kind.«

»Mein Gott, erklären Sie! Wohin? Ist ihr ein Unglück begegnet?«

Xaver stieß es in jähem Schrecken hastig hervor, mit rauher, fast klangloser Stimme, und streckte die Hände zusammengelegt wie stehend der Dame entgegen.

»Ich weiß das alles selbst nicht,« antwortete sie, und Tränen traten ihr in die Augen, »ich weiß es nicht! Gott mag wissen, was dem armen Mädchen auf der Seele liegt, aber meine Hand lege ich dafür auf den Klotz, daß keine Schuld sie trifft! Lesen Sie selbst, diesen Brief fand ich heute morgen auf ihrem Tische, gestern hat sie ihre

Sachen gepackt, und kein Mensch hat mir davon gesagt, daß sie abends den Koffer hinabtragen ließ; wer ahnte auch so etwas! Heute in aller Frühe ist sie fortgegangen, und dann wurde der Brief gefunden.«

Längst hatte Xaver das Papier entfaltet und durchflog nun in fiebernder Hast die Zeilen.

Der weite Spaziergang, die warme, trockene Luft mochten den Rekonvaleszenten angegriffen haben. Er faßte unwillkürlich fast krampfhaft nach der Schwester Arm.

»Xaver,« flüsterte diese zärtlich.

»Lies, lies selbst! Sie ist fort! Wohin?« kam es stöhnend durch die geschlossenen Lippen. Als Elwine den Brief gelesen, fragte auch sie: »Was sollen wir machen?«

Da raffte sich Serlo empor, wie zu plötzlichem Entschluß. »Ich werde ihr nachreisen, jetzt gleich, werde die Welt durchsuchen nach ihr. O, ich weiß, ich werde, ich muß sie finden, und wenn ich sie gefunden habe, lasse ich sie nicht mehr entfliehen, es sei denn, ich sei tot.«

Er hatte in Fieberekstase gesprochen und machte Miene, sogleich aufzubrechen, dann aber klang es wie ein Röcheln, die wunde Brust versagte, die Erregung war zu groß. Von der Schwester gestützt, trat er in den Wagen der Holländerin, welche bat, die Geschwister zurückbringen zu dürfen. Eine Weile verbrachten sie stumm, alle drei – Frau van der Pütt in stillem Weinen, Xaver in krankhaft fiebernder Erregung, Elwine in ernstem Nachdenken.

»Ich hab's,« sagte diese endlich. »Mein Bruder würde zugrunde gehen, wenn er in der Stimmung abreiste.«

»Was schadet's?« warf er rauh dazwischen.

»Es würde doch auch nicht nützen, und wenn man eine Handlung als unnütz und zwecklos erkennt, dann unterläßt man sie. Aber in vier Stunden kommt Sohrau, mein Verlobter. Er ist unendlich praktisch, ruhig, umsichtig und vor allem gesund. Mein Rat ist: warten wir auf *seinen* Rat. Ich werde zum Bahnhofe fahren, gnädige Frau, und wenn Sie mir inzwischen den Brief überlassen wollten –«

»Gewiß, liebes Fräulein, ach, ich bin förmlich beruhigt, nun Sie doch einen vernünftigen Ausweg fanden! Gewiß wird Herr von Sohrau das Rechte und Zweckmäßige finden.«

Frau van der Pütt gehörte zu jener Kategorie glücklicher Menschen, die ein felsenfestes Vertrauen zu den Entschließungen anderer haben, wenn sie der eigenen Initiative dadurch enthoben werden.

So fuhr sie denn vorläufig einigermaßen beruhigt zurück nach dem Haag, Weiteres erwartend.

Wenige Stunden später brauste der Zug von Utrecht in die Halle der Kopfstation zu Scheveningen. Herzlich schloß Kurt seine Braut in die starken Arme. Die Freude über das Wiedersehen strahlte aus seinen offenen Zügen. »Wo ist Xaver?« war dann seine erste Frage, »doch nicht ein Rückfall?«

»Nun, wie man's nehmen will, ich selbst bat ihn, zurückzubleiben, denn es tut mir so leid, dir den Empfang verbittern zu müssen, aber ich muß sogleich eine wichtige Angelegenheit mit dir besprechen! Nein, erschrick nicht, es betrifft nicht mich, aber Xaver. Laß uns in das Damenzimmer treten, Kurt, es kommen jetzt keine Züge, und wir sind ungestört. Willst du?«

»Natürlich, mein Herz! Nur kein Säumen, wo Handeln am Platze ist, und es scheint *pericmium in mora* nach deinen Mienen! Siehst aber prächtig aus, mein Schatz, wirst dich vortrefflich ausnehmen in den neu dekorierten Sälen von Kartzow. Haben auch überall Parkett legen lassen. Das sollte eigentlich eine Überraschung sein, aber ich freue mich schon jetzt über den dankbaren Ausdruck deiner lieben Augen, so höre denn weiter. Eine Palme habe ich kommen lassen, gerade wie die in Nervi, nur kleiner. Habe expreß einen Aufbau am Gewächshause dafür machen lassen. Denke dir, wir beide unter Palmen in Pommern! Nicht wahr, nun machst du dich bald frei; wir nehmen Xaver mit nach Pommern!«

Das klang alles so herzlich, so freudevoll, und in die Freude hinein sollte nun Elwine den bitteren Tropfen der Sorge um den Bruder fallen lassen.

Sie hatten den Wartesaal erreicht und ließen sich nieder.

»Du weißt, Kurt, was uns Xaver auf Portovenere anvertraute,« begann sie;

»Gewiß, der Brief –«

»Denke dir, das Mädchen war hier und ist nun plötzlich entflohen.« Sie erzählte in kurzen Worten, was vorgefallen, und übergab dann den Brief Marthas.

Baron Sohrau sah einige Augenblicke in das Blatt. »Sonderbar, schon wieder chokiert mich die Handschrift,« sagte er dann und begann halblaut zu lesen:

»Meine teure Mutter!

»Zum letzten Male darf ich Sie heute so nennen, denn ich stehe vor einer Entscheidung, der ich nur ausweichen kann, wenn ich mich losreiße von denen, die ich namenlos lieb gewonnen, von Ihnen, meine Mutter, von meiner lieben Schwester Eva ich will nicht mit einer Unwahrheit scheiden von Xaver Serlo. Das Schicksal ist unerbittlich, und unsere Werke folgen uns. Ganz unerwartet, wenn auch nicht unvorbereitet, traf mich dieses Schicksal. Ersparen Sie mir die Erklärung. Sie haben mich ja niemals gefragt, schenken Sie mir auch diesmal noch Ihr Vertrauen, Ihren Glauben. Worte könnten auch heute noch kaum einen Konflikt erklären, der über ein Kind hereinbrach, und aus welchem dies Kind hervorging, dem Gesetze verfallen, an seiner Seele aber fleckenlos.

Ich muß, ich will der weltlichen Strafe entgehen, die, wenn ich bleibe, unvermeidlich wird, die ich vor Gott und meinem Gewissen aber nicht verdiene.

Ich werde nicht der Sorge preisgegeben sein, das wissen Sie. In der Ferne, im Auslande will ich im Schaffen zum Guten Ruhe und Befriedigung suchen. Gott gab mir ja ein starkes Herz, das niemals aufhören wird, in treuer Dankbarkeit für Sie zu schlagen, wenn ich auch zum letzten Male schreibe

Ihre Tochter Martha.«

Sohrau hatte schon eine geraume Zeit die Schlußworte gelesen, und noch immer sah er nachdenklich in die Zeilen. Dann entnahm er seiner Brieftasche ein vergilbtes Billett und hielt es neben den Brief.

»Keine Frage, dieselben Schriftzüge, nur kindlicher!« sagte er, ohne aufzublicken. »Die Sache fängt an zu dämmern, ja, so wird es sein! Also gerettet, nicht ertrunken! Wohin mag sie gefahren sein?« fragte er dann.

»Davon hat eben auch Frau van der Pütt keine Ahnung, das ist's ja! Und wiedergefunden werden muß sie doch, das arme Mädchen kann doch nicht so allein in die Welt ziehen!« »Na, Energie genug scheint sie zu haben. Aber warte, wir werden einmal sehen! Kellner!« rief er dann aus der Tür, »bringen Sie mir den Indikateur für abgehende Dampfer!« Und sich gegen Elwine wendend, meinte er:

»Nach dem Wortlaute des Briefes hat es den Anschein, als würde sie nicht auf dem Kontinente bleiben, suchen wir also, von wo demnächst Verbindung mit England, Amerika und so weiter.«

Der Jan erschien inzwischen mit den Kuranten, und nach kurzem Suchen schien Kurt seinen Entschluß gefaßt zu haben.

»Morgen um acht Uhr dreißig Minuten Abfahrt des Dampfers Schelde von Rotterdam nach Harwich. Das ist der erste Fall, dann doch das findet sich später. Freilich, mein Herz, säumen darf ich dann nicht. In einer halben Stunde fährt der nächste Zug, und ich werde mein Glück versuchen!«

»Kurt, du kennst sie ja nicht, soll ich nicht mitfahren?«

»Werde sie schon herausfinden, wenn sie da ist!« sagte er lächelnd, »beruhige du inzwischen deinen Bruder und die Pütts! War ein kurzes Wiedersehen, mein Liebling, aber was sein muß, muß sein.«

Schon seit geraumer Zeit wanderte ein Herr in grauem Reiseanzuge, den Paletot über den Arm gehängt, in langen Schritten den Boompieskai auf und ab. Mitunter unterbrach er seine Wanderung, ließ den Blick über den Hafen schweifen, über die mächtigen Spannungen der Scheldebrücke, beobachtete das rastlose Treiben am Kai, die fremdartigen Gestalten der Matrosen und Hafenarbeiter aller Nationen und Rassen. Dann wieder schaute er auf das Getreibe da unten im Strome. Ein unaufhörliches Kommen und Gehen von

Dampfern und Booten. Dazwischen majestätisch dahingleitende Seeschiffe, himmelemporstrebend mit ihren schlanken Masten und Rahen, von winzigen Remorkeuren geschleppt. Doch nur für Augenblicke ließ sich der Fremde anziehen durch die reizvollen Bilder im Morgenglanze ringsum. Seine Aufmerksamkeit blieb auf die Landungsbrücke eines Dampfers gerichtet, welcher am Kai festgemacht hatte, und dessen Schloten ab und an mächtige Wolken schwarzen Rauches entquollen. Im Vortopp trug der Steamer den Wimpel der Rotterdam-Harwich-Linie, und an seinem Heck hatte der Wanderer nun wohl schon zwanzigmal den in goldenen Lettern schimmernden Namen » De Schelde« gelesen.

In einer halben Stunde sollte das Schiff von Rotterdam abwärts gehen, und schon war das Deck mit einer Anzahl von Passagieren besetzt, denen sich immer neue anreihten. Der Wanderer war jetzt dicht an die Brücke getreten, jeden Ankommenden musternd, wenigstens jede Dame, und immer wieder zeigten seine Züge eine Enttäuschung, wenn er fremde, gleichgültige Gesichter hinter Schleiern und großrandigen Rembrandthüten entdeckte.

Plötzlich wurde seine Aufmerksamkeit gefesselt. Aus der Hochstraat war soeben ein Wagen auf den Kai eingebogen und parierte unfern der Dampferbrücke. Mit elastisch schnellen Bewegungen entstieg dem Fuhrwerke eine verschleierte Dame, ergriff die leichte Handtasche und das Plaid und eilte auf den Steg zu. Doch wie gebannt blieb sie stehen, als ihre Augen dem forschenden Blicke des Fremden jetzt begegneten.

Mit artiger Verbeugung trat dieser auf sie zu und zog den Hut von dem ergrauenden Kopfe.

»Mein Fräulein, ich habe mich wohl nicht getäuscht, Sie sind Fräulein van der Pütt?«

»Mein Herr, Herr von Sohrau, schonen Sie mich, um der Meinigen, um meines toten Vaters willen!« sagte sie leise, nach Fassung ringend. »Ich kann auch heute nichts zu meiner Rechtfertigung sagen, als das «

»Was Sie mir schrieben und was mich schon damals auf das tiefste gerührt hat, Fräulein van der Pütt, ich muß es als einen Wink des Schicksals betrachten, daß es mir gelang, Sie so rasch wiederzufinden. Wie das gekommen, erfahren Sie später, lassen Sie mich Ihnen jetzt nur sagen, daß Sie meine Lebensretterin wurden, ganz unabweisbar, wenn auch unbewußt, und daß ich damals nach der Katastrophe bei den Scilly-Inseln den Tod eines Kindes auf das tiefste bedauert habe, einer jungen Dame, deren Kindesliebe sich in einem Schritte der Verzweiflung so deutlich kund gab. Jetzt, wo sie lebend vor mir steht, frage ich: Können, wollen Sie mir Vertrauen schenken? Halten Sie mich für einen Ehrenmann?«

»Nun gut,« sagte er auf das leise Nicken Marthas, »dann bleiben Sie hier und hören mich an, um nachher, später zu handeln, wie es Ihnen Ihr Gefühl vorschreiben wird. Vorläufig hole ich Ihre Koffer vom Schiffe, und Sie nehmen inzwischen Ihren Wagenplatz wieder ein. Darf ich um den Gepäckschein bitten?«

Sie waren der Zentralbahnstation zugefahren. Willenlos sah Martha, wie Baron Sohrau dort die Koffer abladen ließ, und ebenso willenlos vertrauend war sie dem großen, freundlichen Manne gefolgt, als er den Vorschlag machte, die Unterredung mit einer Promenade durch den nahen Tiergarten zu verbinden.

Jetzt hatten sie sich auf einer Bank unter einer Gruppe mächtiger Eichen niedergelassen, und mit gespannter Aufmerksamkeit lauschte Martha den beredten Worten ihres Nachbarn.

»Konnten Sie denn anders handeln?« fragte er eben. »Wäre das Unrecht nicht zehnmal größer gewesen, wenn Sie den Vater preisgegeben hätten, den Sie in seinem Herzen für unschuldig hielten? Wollen Sie es dem Hungernden verdenken, wenn er ein Stück Brot, das er zufällig findet, aufnimmt, statt Hungers zu sterben?«

»Die bürgerlichen Gesetze bestraften meine Handlung mit einer entehrenden Strafe,« antwortete Martha fast tonlos. »Der Richter, der irdische Richter kann nicht ermessen, was das Herz einer Tochter bewegt, wenn es sich um Freiheit und Ehre des Vaters handelt. Als habe Gott mein Gebet erhört: »Zeige mir den Weg aus der Not«, so erschien mir die gebotene Gelegenheit zur Rettung. Ich bot meine Ehre, um den Vater zu retten, ich sündigte gegen das siebente Gebot. Gott hat mein Opfer nicht angenommen, er rief meinen armen Vater zu sich. Als einen Ausfluß göttlicher Barmherzigkeit und Verzeihung betrachtete ich dann die Aufnahme in der Familie van der Pütt und suchte durch treue Pflichterfüllung eine Läuterung vor mir selbst, vor Gott zu gewinnen. Das Gesetz aber, es kann mich nicht freisprechen. Auch wenn die Motive zu meiner That sonnenklar dastehen, die Tat bleibt.«

»Was kümmern denn das Gesetz, den Richter meine privatesten Angelegenheiten, die ich niemand mitteilte, über die ich niemand ein Urteil gestatte? Seien Sie einmal vernünftig und wägen ab! Erstens: Sie schenkten mir das Leben, ich Ihnen einen Paß. Wär's anders geworden, so wäre ich entweder verbrannt oder ertrunken. Na, ich denke, da ist der Vorteil doch auf meiner Seite! Zweitens: Wäre ich ertrunken, dann wäre Elwine jetzt nicht meine glückliche Braut. Drittens aber wozu die vielen Worte: Antworten Sie mir lieber offen auf eine Frage: Wollen Sie meinem Rate folgen, um Ihr vermeintliches Unrecht gutzumachen?

»Wenn ich kann, gewiß!«

»Nun, da habe ich schon gewonnen, denn Sie können. Also: Sie kehren mit mir zurück zur Frau van der Pütt, und von Ihrem Ausfluge wird mit keinem Worte gesprochen! Selbstverständlich bleibt auch das, was uns betrifft, ferner mein Geheimnis. Einverstanden?«

»Sie sind mein Anwalt, statt mein Richter zu sein, ich danke Ihnen!« sagte sie gerührt und reichte ihm die Hand.

»O, wir sind noch nicht fertig. Ich weiß, Sie lieben Xaver, Ihr eigener Brief bezeugt es. Also weiter: Sie machen Xaver zum glücklichsten Menschen!«

»Hören Sie auf, Herr von Sohrau es ist unmöglich! Ich liebe Xaver, und Gott weiß, wie tief meine Liebe! Ich weiß aber auch, daß seine Anschauungen zu ernst, daß sein Charakter zu edel und seine Liebs zu tief sind, um ihn an eine Frau fesseln zu dürfen, deren Handlungsweise vor der Welt wenigstens das Licht scheuen muß.«

»Und wenn ich ihm nichts sage und er nicht fragt?«

»Wollen Sie, daß ich mit einem Geheimnisse an der Seite eines Mannes, den ich liebe, vor den Altar treten soll?« fragte sie fast vorwurfsvoll.

»Ja, ja, da mögen Sie recht haben,« antwortete er mit einem bezeichnenden Kopfnicken; »aber gut, sagen wir ihm alles, hören wir seine eigene Ansicht, vielleicht spricht er überzeugender wie ich.«

»Und wenn er ebenso vorurteilsfrei dächte wie Sie, mein gütiger Freund, er könnte, er dürfte nicht vergessen, daß seine Stellung als Offizier «

»Was den Offizier betrifft, na, den wird er doch aufgeben müssen nach allem, was ich über seine Gesundheit höre, und Sie werden sich mit meinem Nachbar und Schwager, dem pommerschen Gutsbesitzer Serlo, begnügen müssen! Daß er aber ebenso denkt wie ich, gerade weil sein Charakter edel und seine Liebe tief ist, das werden Sie bald aus seinem eigenen Munde hören!«

»O mein Gott, darf ich denn? Kann ich's vor meinem Gewissen verantworten?

»Laden Sie etwa weniger Verantwortung auf sich, wenn Sie ihn ferner hinsiechen lassen, den Mann, den Sie vom vorzeitigen Tode erretten, dem Sie eine glückliche Zukunft bieten könnten? Aber kommen Sie, es ist die höchste Zeit, kommen Sie, in fünf Minuten fahren wir ab.«

Er legte ihre Hand über seinen Arm, und als sie ihn durch Tränen fragend ansah, da lachte er und meinte: »Die Sache ist erledigt!«

Willenlos folgte sie dem starken, geraden Manne, der ihr so wohlwollend den Weg ebnete, vor dessen Sicherheit und Urteilskraft ihr eigenes Urteil zerstoben schien.

Wenige Stunden später lag Martha in den Armen der Mutter, der Schwester. Niemand fragte, nur Liebe und Freude umfingen sie.

Kurt von Sohrau aber fuhr weiter nach Scheveningen, und ehe er sich noch die Zeit nahm zur förmlichen Begrüßung seiner Braut, trat er mit Elwine in Xavers Zimmer.

»Kurt,« rief ihm dieser in fieberhafter Aufregung entgegen, »Kurt, hast du sie gefunden?«

»Kinder,« antwortete Sohrau, »Kinder, ich habe vor allem und auch, ehe ich euch das Resultat meiner Reise mitteile, ein Frage an euch zu richten. Ihr beide sollt mir aufrichtig eure Meinung sagen. Hört zu: Ein junges Mädchen will ihren Vater schwerer Strafe entreißen, wegen eines nicht ehrenrührigen Vergehens. Ein vielleicht zu ideal angelegter Mann, der, obwohl Beamter, geglaubt hatte, zum Volksbeglücker geschaffen zu sein, hatte allerhand politische

Unglaublichkeiten eingefädelt, ohne die Folgen mit nüchternem Verstande zu prüfen. Die Tochter, ein Kind von so vierzehn bis fünfzehn Jahren, bringt ihn unerkannt bis Hamburg. Es fehlt aber die Legitimation, die zur weiteren Flucht erforderlich. Sie haben die Reise gemeinsam mit einem Herrn gemacht.

Dieser vermißte im Hotel seine Brieftasche, die er unterwegs noch in Händen hatte, um den Mitreisenden seinen Auslandspaß zu zeigen. Er glaubt sich bestohlen, muß seine Reise aufgeben. Am folgenden Nachmittage bringt ihm die Polizei die dieser zugesandte Brieftasche, in welcher nur der Paß fehlt, welche dafür aber diesen Zettel enthielt.«

Er öffnete wiederum das zerknitterte Papier und las:

»Mein Herr! Üben Sie Barmherzigkeit ich konnte nicht anders. Es geschah, um meinen alten Vater zu retten. Der Kerker wäre sein sicherer Tod. Sie vergaßen Ihr Portefeuille im Coupe ich glaubte an eine Fügung des Himmels. Werden Sie, wird Gott mir vergeben, wenn ich unrecht tat? War's unrecht? O mein Gott, ich weiß nicht! Verfolgen Sie uns nicht, schonen Sie meinen Vater! Ich werde Ihnen ewig danken.«

»Nun, eure Ansicht!«

Aber statt aller Antwort sprang Xaver auf. »Kurt,« rief er, »war das Martha, war das die Last, die ihre Seele beschwerte?« Wie ein Frohlocken klangen seine Worte.

»Ja, mein Junge, und der Reisende, das war ich war in einer netten Stimmung damals, bis die Tasche mit dem Briefe kam, kannst's glauben! Na, nachher war's vorüber, hatte Mitleid und wäre ja auch versoffen, wenn's anders kam.«

»Kurt, wo ist sie, daß ich ihr sage «

»Dazu sollst du heute nachmittag Gelegenheit haben,« unterbrach er, »Mefvrouw van der Pütt wird mit den Töchtern herüberkommen, und ich sorge für Zeit zur Aussprache wird sich schon machen. Aber damit ist diese ganze Chose erledigt, ausgeschwiegen für immer!«

»Und wie heißt Martha, woher ist sie?« fragte Elwine, »das darf man doch wissen?«

»Für die Welt bleibt sie Mejufrouw van der Pütt, einst hieß sie Wally Hausmann und war aus Berlin *W.*«

»Aus der Schillstraße? Mein Gott, jetzt weiß ich, woher mir das Mädchen Xaver, erinnere dich doch an das Kind mit dem Matrosenhut, das dir so sehr gefiel ich sollte damals auch partout einen Matrosenhut tragen, als du in die Marine tratest!«

Xaver aber ging auf und ab und hatte nicht Auge und Ohr mehr für die Schwester.

»Wird schon so sein,« antwortete statt seiner Kurt, »aber nun komm, meine Elwine, nun gehöre ich wieder dir und «

»Bald für immer.«

Am 10. November fand in der Schloßkapelle von Kartzow eine Doppelhochzeit statt. Die ganze Umgegend war vertreten. Unter den Gästen war aber auch der muntere Leutnant Schaum, und man munkelte, es würde wohl bald eine dritte Hochzeit folgen. Als der neue Schloßherr von Ribbekart der sich jetzt übrigens wieder zu voller Kraft erholt hatte an Mejufvrouw Eva van der Pütt dieserhalb eine neckende Frage richtete, antwortete sie kurz:

» *Vermetel* genug wäre er, dein Schwager zu werden.«

»Mir soll's recht sein, wenn er dich *gelukkig* macht.«

Über tredition

Eigenes Buch veröffentlichen

tredition wurde 2006 in Hamburg gegründet und hat seither mehrere tausend Buchtitel veröffentlicht. Autoren veröffentlichen in wenigen leichten Schritten gedruckte Bücher, e-Books und audio-Books. tredition hat das Ziel, die beste und fairste Veröffentlichungsmöglichkeit für Autoren zu bieten.

tredition wurde mit der Erkenntnis gegründet, dass nur etwa jedes 200. bei Verlagen eingereichte Manuskript veröffentlicht wird. Dabei hat jedes Buch seinen Markt, also seine Leser. tredition sorgt dafür, dass für jedes Buch die Leserschaft auch erreicht wird.

Im einzigartigen Literatur-Netzwerk von tredition bieten zahlreiche Literatur-Partner (das sind Lektoren, Übersetzer, Hörbuchsprecher und Illustratoren) ihre Dienstleistung an, um Manuskripte zu verbessern oder die Vielfalt zu erhöhen. Autoren vereinbaren direkt mit den Literatur-Partnern die Konditionen ihrer Zusammenarbeit und partizipieren gemeinsam am Erfolg des Buches.

Das gesamte Verlagsprogramm von tredition ist bei allen stationären Buchhandlungen und Online-Buchhändlern wie z. B. Amazon erhältlich. e-Books stehen bei den führenden Online-Portalen (z. B. iBookstore von Apple oder Kindle von Amazon) zum Verkauf.

Einfach leicht ein Buch veröffentlichen: **www.tredition.de**

Eigene Buchreihe oder eigenen Verlag gründen

Seit 2009 bietet tredition sein Verlagskonzept auch als sogenanntes "White-Label" an. Das bedeutet, dass andere Unternehmen, Institutionen und Personen risikofrei und unkompliziert selbst zum Herausgeber von Büchern und Buchreihen unter eigener Marke werden können. tredition übernimmt dabei das komplette Herstellungs- und Distributionsrisiko.

Zahlreiche Zeitschriften-, Zeitungs- und Buchverlage, Universitäten, Forschungseinrichtungen u.v.m. nutzen diese Dienstleistung von tredition, um unter eigener Marke ohne Risiko Bücher zu verlegen.

Alle Informationen im Internet: **www.tredition.de/fuer-verlage**

tredition wurde mit mehreren Innovationspreisen ausgezeichnet, u. a. mit dem Webfuture Award und dem Innovationspreis der Buch Digitale.

tredition ist Mitglied im Börsenverein des Deutschen Buchhandels.

Dieses Werk elektronisch lesen

Dieses Werk ist Teil der Gutenberg-DE Edition DVD. Diese enthält das komplette Archiv des Projekt Gutenberg-DE. Die DVD ist im Internet erhältlich auf **http://gutenbergshop.abc.de**

Zeitfracht Medien GmbH
Ferdinand-Jühlke-Straße 7
99095 Erfurt, Deutschland
produktsicherheit@kolibri360.de